随筆集

言うて詮なきことの記

羽毛田信吾

国書刊行会

まえがき

時代の変革期。絶対の価値とされてきた民主主義の揺らぎを感ずる事象も少なからず見られるようになり、資本主義のその先をうかがう議論も盛んである。「イノベーション」が叫ばれ、「グローバリズム」や「パラダイムシフト」などの横文字が飛び交う。半隠居を決め込んだ身にも、めまぐるしい時代の動きに取り残されることへの焦りと世の行く末に対する漠然とした不安はつきまとう。心穏やかに晩年を過ごすのは誰にとってもなかなか容易でない。

喜寿を迎えたのを機に、これまでにあちこちで書き散らした雑文を集めてみようと思い立った。時代の風をよそによくもまあ他愛もない話をこれでもかとばかりに書き連ねたものだと、我ながらのんきさ加減に少し呆れている。とはいえ、こうして並べてみると、折節の喜怒哀楽なども思い出されて、私自身としては多少の感慨なしとしない。個人の感傷めいた由なしごとをかき集めて他人《ひと》様に見せるとは図々しいと思わぬでもないが、少々の勝手は歳に免じて許してもらおうと開き直って出版に及ぶ次第である。

収録しているのは、今までに雑誌などに書いた原稿に適宜加筆・修正したものが主体である。『日本経済新聞』夕刊の「あすへの話題」の欄に半年にわたり週一回連載したもの、『時の法令』という法律雑誌に今も月一回書かせていただいているもの、「生き生き塾」という地元の遊び仲間の会の機関誌に掲載したものなど。その他に、妻を唯一の読者とする私版「きみに読む物語」（夫婦の深い愛情が胸に沁みる佳いアメリカ映画だった）も何篇か入っている。

『日本経済新聞』の編集委員＝井上亮さんから、「『あすへの話題』に書いてみないか」とお誘いがあった時は、読者の役に立つことを書く自信がないので尻込みした。しかし、「新聞社も読者もあの欄から役に立つ新知識を得ようなどと期待しているわけではないのだから気軽に書いたらよろしい。あくまで、メインディッシュではなく、ちょっとしたおやつと心得よ」と言われ気が楽になって引き受けたのだった。調子に乗ってその後もおやつ作りに励んだ。その結果、味は保証の限りでないが量だけはどっさりあるおやつのてんこ盛りが出来上がったのである。

当初、書名を「屁の突っ張り」にしようと考えた。「屁の突っ張りにもならない」というたとえがある。もののの役に立たぬことを言う。閑文字を連ねただけのこの本、大いに有益とは到底言えないが、読者にちょっとした笑いの種を提供するという意味で「屁の突っ張り」くらいの効用はあるのではなかろうかといささかの自負(?)を込めて命名したつもりだった。しかし、私の書くものに厳しい論評を加えるのを常とする妻から、「さなきだに上品とは言いかねる文章の数々にそんな下品な書名を付けたりされては恥ずかしくて表を歩けません」とのご託宣があり、敢えなくボツとなった。

世の名残りに白鳥の歌の絶唱をと気負っているわけでもないのに、これ以上前置きの口上を重ねては自意識過剰の誹《そし》りを受けそうなのでここらに止《とど》めよう。私としてはクスリとでも笑って下さる読者がいらっしゃれば望外の幸せである。

羽毛田信吾

《目　次》

随筆集　言うて詮なきことの記

第一章　思い出すあの日あの時
～ゆく河の流れは絶えずして

私が物心ついた頃から、父には「すでに見るほどのものは見、為すほどのことは為した。後はついでに生きている」といった趣があった。養蚕の技術者として、その衰退と運命をともにしたような一生だった。今思い起こすと、この世に多くを望まないという姿勢を取ることで、かろうじて夢少なき現実に耐えていたのかもしれない。そう言えば、父は、京都女子大学の創始者＝甲斐和里子が詠んだ「岩もあり木の根もあれどさらさらとたださらさらと水の流るる」という道歌風の短歌が好きでよく口にしていた。諦めにも似た境地だったのだろうか。

母は、父と十七歳の歳の差があった。父母は職場結婚で、四十歳間近の父の落ち着いた雰囲気に比べて周りの若い男が頼りなく見えたのだという趣旨のことを母から聞いた記憶がある。親から勘当されてまでの結婚であったが、結婚生活は決して平安ではなかった。居酒屋で飲んで夜中まで帰ってこなかったり、酔っぱらって転んで血だらけになって帰ってきたりと酒にだらしない父にイラつく母、勝気な母にうんざりする父。父が最初の職場を辞めた時の退職金を全部飲んでしまったことを母は繰り返しなじった。父はそんな母にだんまりを決め込むのが常だった。子供心に、この夫婦はもつのだろうかと心配したものである。

我が家は、父母と私、それと妹の四人家族だったが、母は家計のやり繰りに大変苦労した。村の小さな林業会社の帳簿付けのアルバイトから始まって、慣れない農作業や災害復旧工事の人夫仕事までよく働いた。しかし一方で、母は子供に家計の苦しさを感じさせまいと随分気を遣った。私の中学卒業後の進路について、職業高校を勧める父に対して母が普通高校進学を譲らないといった一幕もあった。遥《はる》か後のこと、厚生事務次官就任時に記者から厚生省志望の動機を訊《き》かれ、「家が貧しかったから貧乏に寄り添う仕事をと思った」と素直に答えたら、そのまま記事になった。それを読んだ年老いた母は、「子供に貧乏の苦労をさせた覚えはない」と烈火のごとく怒った。

私の性格や物事への対処の仕方の中に、幼い日に体験したことの影響を色濃く感ずることがある。特に父の存在、父子関係は、良くも悪くも今日まで私の心の中に影を落としているように思う。ああはなりたくないという気持ちと、多くを望まずあるがままにという生き方に魅かれる思いが半ばする。

その父も五十年近く前、私や妹が働き出すのを見届けるようにして亡くなった。比較的長寿で八十六歳まで生きた母も亡くなって十四年目に入る。私自身は、すでに父より十年以上長生きして喜寿を迎える歳となった。しかし、死を受け入れる心の準備はとなると、まるでそういう心持ちにはならない。かえって、私より三歳若い妻の方が、葬儀場の手配から届け出関係や書類の在り処、果ては葬儀に飾る遺影のことまで、あれこれと早手回しに気を揉んでいる。

十一月の陽光

今秋は出だしから雨続きで散々だったが、ここに来てようやく秋晴れの爽やかな日も多くなった。故人阿久悠は「陽だまりが嬉しいのは十一月である」と書き、陽だまりの中で文庫本に読み耽《ふけ》った青年の日を慈しむように語っている（『東京新聞』「おもいで歳時記」）。私の心にも晩秋の晴れた日の気配が伝わる。十一月の陽光は、優しく柔らかく何がなし切ない。

思い出の十一月の光景。私の場合、それは子供の頃を過ごした山村にある。この季節、近所の子供は農作業の手伝いに駆り出され、私は遊び相手を失う。こうした時の私の気に入りの場所は里山のクヌギの大枝であった。坂道を十分も登った平らな場所に集落の共同墓地がある。墓地の外れにその木はあった。直径三十センチメートルほどの木は腰かけるのに手頃な枝を張り出していた。晴れた日の昼下がり、枝に腰かけて眺める山間の景色はいつもと違って見えた。ちまちまと連なる田んぼと忙しく立ち働く農家の人たち、くねって流れる川、点在する茅葺《かやぶ》き屋根、それらを包むように迫る周囲の山。夏の頃は緑一色で鬱陶《うっとう》しくさえあった景色がこの時期大きく変わる。少しずつ黄や赤に染まり、気の早い樹は葉を落とし始める。刈り取られた稲は稲架《はざ》に干されて陽を浴びている。

澄んだ空の下、子供心にも満ち足りた豊かな思いと気怠《けだる》いような憂鬱な気分とが交錯する。それは人が穏やかに老年期を迎える感情にも似たものであったように思う。そうした気分をもたらしたのは、力強い夏の陽射しから弱々しい冬のそれへと移りゆくあわいの十一月の陽光であった。数十年を経た今も都会の喧騒の中にいて、十一月の陽光に照らされた山里の束の間の風景を時折思い出す。

（二〇一六年十一月『時の法令』）

焼けつくような

「焼けつくようなインドの大平原も北の果ては山また山、千万年の雪と氷に閉ざされた大ヒマラヤ山脈……」緩急と抑揚を付け、思い入れたっぷりに弁ずる。腕白小僧連も、この時ばかりは目を輝かせ黙って名調子に聞き惚れる。夏休みの昼下がり、我が家の縁側で毎日繰り広げられる光景。弁士は誰あろう幼き日の私である。

我が家には、どういうわけか東京の下町辺りでプロが使う本式の紙芝居の道具一式があった。残念ながら、肝心の紙芝居本体は、釈尊の悟りの物語（「雪山偈《せっせんげ》」）を題材とした冒頭の『修行者と羅刹《らせつ》』、それと孝行息子の出世物語『鶩王丸』の二セットしかなかったので、これを繰り返し演じたものだ。かくて、いやがうえにも弁士の芸には磨きがかかり、完璧な語り口で名人と謳われた八代目桂文楽もかくやはという域に達するのである。

「信濃の国と越後の国の国境……」で始まる『鶩王丸』も、絵がきれいなこともあり、人気があった。聴衆の中には年上の子もいるのだが、紙芝居の時ばかりは私が東の間お山の大将気分を味わう。

紙芝居にしろ、寺の本堂で年に一度開かれる幻灯映写会（いつも演し物は『蜘蛛の糸』であった）にしろ、あるいは、家にある本の類にしろ、私たちが文化芸術に接する機会は非常に少なかった。学校の授業を除くと、ほんの限られた材料を繰り返し読み、見、聴くというのが知的生活のすべてであった。あらためて、氾濫する情報、知識の中にいる昨今の子供たちとの違いを思う。量が少ない分、私たちには読むこと、見ること、聴くことへの感激があり、想像を膨らませる楽しみがあった。今の子供たちには味わえない贅沢のようにも思える。

ともあれ、あの頃の私はなかなかの芸達者で、続けていればひとかどの紙芝居屋になれたのではないかと密かに自負している。父が亡くなり、母も田舎を引き揚げた今、その紙芝居も手元にはない。このほど萩市に合併した川上村での幼き日、紙芝居は私のささやかな誇りであった。

（二〇〇五年八月『萩高校同窓会誌』）

【後日記】

思いもかけず『修行者と羅刹』の紙芝居に再会した。勤務する昭和館がこのほど収集した実物資料の中にそれはあった。担当者が「子供の頃演じられた紙芝居というのはこれではありませんか」と持参した物を見た途端、「これだ！」幼馴染みに六十余年の歳月を経て再会した心持ちと言ったらよかろうか。早速、裏面を見て、「焼けつくようなインドの大平原も……」と口に出して言ってみる。あの頃のお山の大将気分がよみがえってきた。今、上演の機会を得たいものと心密かに待っているところである。

冬イチゴ

晩秋から初冬にかけて故郷川上村の山野のあちこちに実っていたイチゴが「冬イチゴ」という名前であることを知ったのは、東京に出てきて随分経ってからのことである。おしなべて私たちの田舎では誰も身の回りのありふれた動植物の名前などには無頓着であった。冬イチゴもこの時期にイチゴと言えばこれしかないので、単純に「イチゴ」と言っていたし、今では上海ガニ以上に美味だと珍重される川ガニも「モクズガニ」という名前とは知らず「カニ」とのみ言っていたように思う。という次第で身の回りの動植物の正式の名前の多くは都会暮らしをするようになってから書物で読むなどして覚えたものである。今次々と生み出されては消えて行く言葉の氾濫の中にいると、大層な名前など付けずともお互いにそれと分かる昔の田舎のコミュニケーションの方がまともなのかもしれないと、ふと思ったりもする。

それはさておき、「冬イチゴ」である。小春日和の昼下がり。里山の木立の中に分け入ると真っ赤に熟れたイチゴの実が群生している。田舎の子供たちにとって、この季節のイチゴ摘みはささやかな楽しみの一つであった。それは、小粒でかなり酸っぱく、野生そのものの味である。

摘んだイチゴを竹の筒に集め棒で潰してその果汁を飲むのが子供たちの間で流行った。私もそうしたいのだが、不衛生だと言って母が許してくれない。自家製イチゴジュースに口の周りを赤く染めた友達の満足そうな顔を、今も羨ましく思い出す。たまにイチゴを食べ過ぎて便意を催す子がいる。そういう時は、当然林の奥に駆け込んで天然トイレ。鼻垂れ小僧連は「イチゴ（一合）食うて二合出す」と下品な駄洒落で囃し立てる。

あらかた枯れてしまった周りの草の中で冬イチゴの赤は一際《ひときわ》目を惹く色合いではあったが、子供心には、ただ食べられる果実がふんだんにあって嬉しいという以上の感慨はなかった。しかし、この歳になって、たまたま冬枯れに向かう郊外の山道を散策している時などに冬イチゴの緑の葉とつややかな赤い実が彩る風景に出合ったりすると、懐かしさとともに、健気に生きる小さな植物を何かしら愛おしく思う気持ちが湧いてくる。

思うさま山野を駆け回った子供の頃、柄にもなくあれこれと悩み満たされぬ思いを引き摺りながら山陰《やまかげ》の道を辿った思春期の頃、来し方の心の風景の中で、案外、冬イチゴもそれなりの道具立ての一つになっていたのかもしれない。

宮内庁在勤中、昼休みに皇居二の丸庭園を散歩するのを日課としていた。昭和天皇のご指示により武蔵野の林をイメージして造られたこの庭園に、関東以西の林には必ずあるはずの冬イチゴが見当たらない。そこで、担当者に「武蔵野の林らしく冬イチゴを植えてはどうか」とお節介な提案をした。植物の専門家である担当者からは、「冬イチゴは半日陰の植物なので落葉する二の丸庭園の林には生えませんが、皇居の中でも常緑樹の林の下にはあちこち生えていますよ」との明快な答えが返ってきた。言われてみれば、子供の頃、冬イチゴを摘んだのも確か木洩れ日のさす杉林の中であった。とんだ半可通を露呈して恥をかいた。

古稀を過ぎて二年。思いは昔へ昔へと果てしなくさかのぼる。子供が生まれた頃。結婚の頃。勤め始めた頃。大学の頃。萩高に通った頃。川上村での子供の頃。その時々の風景が悲喜こもごもの思い出とともに鮮やかによみがえる。

（二〇一四年十一月『萩高校同窓会誌』）

電話口で固まった頃

報道番組であれ、視聴者参加番組であれ、最近のテレビに登場する一般人・素人衆の受け答えは、立て板に水、実に堂に入っており、感心するほかない。特に子供たちは、突然マイクを向けられても、決して怯むことなく、直ちによどみなく答える。感心を通り越して小憎らしくさえある。

私たちの子供の頃。当然、テレビなどはないのだが、初対面の人と会話したり、多くの人を前にして何か喋ったりするとなると、こんなに滑らかにはいかなかった。私が田舎育ちだからということもあるにせよ、時代の差は大きいように思う。

小学校四年生の頃のことだった。ある日、電話のかけ方と受け方を学習するという授業があった。学校に一台ある電話機と数百メートル先の村の郵便局の電話機との間で、子供同士が電話をかけたり受けたりしてみることとなった。旧式の壁かけ型電話機。送話器が電話機本体にくっ付いていて、受話器はコードで本体と結ばれているやつである。

電話機の位置が子供には高過ぎるので、臨時に踏み台が置かれた。子供たちは順番にこの踏み台に上がって、電話をかけたり受けたりする。私の順番になった時どんな応答をしたか、確《しか》とは覚えていないが、初めての体験だったので、他の子供同様、随分緊張したことと思う。

山奥の集落から通学しているY君の順番がきた。電話の呼び出し音が鳴る。踏み台に上がる。途端に固まってしまって、受話器を思うように耳に持っていけない。それでも震える手でようやく耳にあてる。先方の子は何か喋っている様子だが、Y君は一言も発することができない。そのまま二分経過。最初は顔を紅潮させていたのが、次第に青ざめてくる。目が据わってくる。額に汗が滲んでくる。まるで、仇打ちの侍が探し求めた敵に出会った時のように電話機を睨みつけている。先生もさすがに心配になって、「無理しなくて良いよ」と、固く握りしめたY君の指を一本一本はがすようにして受話器を取り上げ、フックに戻す。

これほどでなくても、他の子供たちも皆ぎこちない応答に終始したように記憶する。私たちは、その時、他人と改まって話すことの難しさ、特に機械を介して話すことの難しさを知ったのであった。

今、テレビの中の子供たちがインタビューに何ら物怖じせず受け答えする様を見ると、まことに今昔の感がある。よどみなく喋るというだけでなく、視聴者の期待をよく心得た当意即妙の受け答えをする。手慣れたものである。

しかし、電話口固まり世代としては、引っかかるのである。こまっしゃくれた感じで嫌だというだけではなく、視聴者の望む答えを見抜き、伝わり方を計算して喋る、ことさら意識しないでも、視聴者の喜びそうな答えがごく自然に出てくる、これが気に入らない。もちろん、情報の受け手の反応を念頭に置きながら上手に喋ることは円滑な意思疎通のためにも大事だとは思う。かのY君だって、いつまでも電話口で固まっていてはまともに社会生活を送ることはおぼつかない。

しかし、度が過ぎている。子供に限っての話ではないが、テレビを始めとする情報手段の発達のせいで、情報の受け手の反応だけが重視されて、肝心の話す内容にどれだけ実が伴っているかは二の次のような風潮になってはいまいか、その結果、向こう受けを狙った軽薄な主張が幅を利かせてはいまいか、と心配する。

もっとも、こうした現象については、すでに多くの識者が指摘しているところである。ことさら子供の頃の話まで持ち出して大げさに嘆いてみせることもないのだが、舌滑らかならざる少年時代を過ごした者としては、多少の僻《ひが》みも交えてぼやくのである。今さら多くの子供が電話口で固まった昔には戻れないし、戻るのが良いとも思わぬが、今の時代にあっても、子供たちに、訥々《とつとつ》とで良いから、単なる受け狙いではなく、中身のあることを喋るように心がけて欲しいと願うのは、言っても詮ないことだろうか。

以上、現在の自分の振る舞いは棚に上げて、テレビも知らず、携帯電話も知らなかった子供時代を懐かしみつつ、最近の風潮に八つ当たりする次第。

蛇足だが、電話口で固まったY君、中学校を卒業して村の大工の棟梁に弟子入りした。あの頃たまに会うと、「将来、信ちゃんが家を建てる時には言ってくれ。僕が行って住み心地の良い家を建ててやるよ」と言っていたが、今はどうしているだろうか。「細工は流々、仕上げを御覧《ごろう》じろ」とばかりに、昔堅気を貫き通す口数の少ない立派な棟梁になっているのではあるまいか。

（二〇一二年『大霞』盛夏号）

【後日記】

その後のY君だが、七十歳を待たずに亡くなったと小学時代の級友が数年前に知らせてきた。彼に家を建ててもらう機会を永久に失った。ご冥福を祈る。

チャンチキおけさ

三波春夫の出世作「チャンチキおけさ」には複雑な思いがある。

今さら恨みがましく言う話ではないが、小学校卒業の時、優等賞をもらい損ねた。一学年四十人ほどの村の小学校では、私は、体育など一部の科目を除いて、一番よくできる生徒だった。少なくとも私自身はそう自負していた。しかし、優等生の表彰には、勉強もよくできてスポーツ万能のA君だけが選ばれた。内心では、口惜しかったのだが、それをおくびにも出さないで、卒業式の間もそれに続く謝恩会でも、努めて明るく振る舞った。謝恩会では司会役を担当し、ここが痩せ我慢のしどころとばかりに、皆を笑わせることに専念した。

卒業式を終えて帰宅した夜のこと。毎晩のように飲んで遅く帰る父は、その夜も待ちくたびれて寝ようという頃にようやく帰ってきた。大層なご機嫌で、なんと、校長を始め三人ばかりの小学校の先生を引き連れてのご帰館である。今日も仕事帰りに村の居酒屋で飲んでいたという。そこへ卒業式を終えた先生一行も繰り出して来たらしい。酔うと見境のなくなる父は、鉢合わせした先生たちと意気投合し、我が家に引っ張ってきたのだ。

「おい、信吾も出てこい」と、無理やり茶の間に呼び出される。さすがに酒を勧められたりはしなかったが、大人たちの酒席に付き合わされるはめになった。

かなり酔いの回った校長が私に向かって話し始めた。「今年の優等生の選考は間違っていたかもしれない。日頃のだらしない恰好からして、君を他の生徒の範とするにはためらいがあり、職員会で議論の末はずした。だが、謝恩会での屈託のない態度を見て考え直した」云々。確かに、私は、身だしなみなどは至ってだらしなかったし、蓄膿症を患っていたこともあっていつも鼻を垂らしていたから、とても他の模範にはなりにくかったと思う。しかし、事が終わってから言い訳めいた話をする校長には、少なからず幻滅と反発を覚えた。

一方、父はと言えば、いつもの通り能天気に次々と歌を披露し始めた。挙句に、「うちの小僧は、僕に似て歌が上手い。ちょっと歌ってみろ」と私をせっつく。先生たちも囃す。そこで、渋々当時流行り始めた三波春夫の「チャンチキおけさ」を歌った。父の訓導宜《よろ》しきを得て、演歌は得意であった。先生たちが歌の文句通り「小皿たたいて」拍子を取る中、三番まで歌い、やんやの喝采を博した。

その後は、「子供がいつまでも起きていてはいけない」と母に強く促されて、寝間に引っ込んだ。

寝床で、いつ果てるとも知れぬ宴会の賑わいを聴いているうちに、私は、自己嫌悪に陥った。子供のこととて心のわだかまりが那辺《なへん》から来るのか確《しか》とは分からなかったのだが、今にして思えば、「校長の今さらながらの言い訳に腹を立てつつ、幇間《ほうかん》よろしく歌まで披露してしまう卑屈な自分が情けない」、「酔っ払いの戯《ざ》れ言に過ぎぬ校長の話を真に受けて多少とも喜ぶ気持ちが湧くとは我ながら浅はかだ」といったところではなかったか。その夜はなかなか寝付けなかった。私も、当時は繊細な神経を持った多感にして早熟な少年だったのである。

五十年以上を経た今、自らを繊細というのは憚《はばか》られるが、少なくとも、痩せ我慢をする性格だけはあまり変わっていないように思う。やはり、三つ子の魂百までである。ついでながら、囃されると歌わずにはいられないのも父譲りの三つ子の魂と言わねばなるまい。

（二〇一二年十二月『生き生き塾機関誌』）

情なきのみが仏者かは

「喃《のう》、瀧口殿、ここ開け給へ、情《つれ》なきのみが仏者《ぶっしゃ》かは」。高山樗牛の小説『瀧口入道』の第二十節。横笛が瀧口入道＝斎藤時頼をかき口説く場面である。父は小学生になったばかりの私にこの物語をよく話してくれた。冒頭の一節は父得意のくだりで、繰り返し聞くうち暗唱できるまでになった。もとより、恋の未練を断ち切り仏門に入った時頼の心のうちや慕う横笛の悲しい恋心を、年端もゆかぬ私が理解できたはずもないが、朧《おぼろ》げながら恋の切なさを知りそめた時だったのかもしれない。

それはともかく、後に古文の授業が始まった時、土地勘があるような気分になったのも、ことによると子供の頃繰り返し聞かされた『瀧口入道』の一節が頭にあったゆえではなかろうか。振り返ってみると、この他にも印象深く記憶している片言隻句があって、後ほどの関心の広がりに関係しているような気がする。中学生の頃、酔って呂律の怪しい校長先生が話してくれた、賀茂真淵と本居宣長の「松阪の一夜」の一節などもその後の私の古代史への興味につながったのではなかろうか。もっとも、わずかな個人的経験をもとに「教育の要諦はいかに印象深い一言を発するかにある」などと言えば、こじつけに過ぎよう。

昨秋、思い出に引かれて瀧口入道・横笛ゆかりの嵯峨野の滝口寺を訪れた。観光客でごった返す近隣の社寺とは別世界の静まりかえった参道。眺める人もない盛りの紅葉がひとしお寂しさを誘う。一瞬、ほとほとと庵《いおり》の戸をたたく横笛のやつれた姿が目に浮かんだ。だが、山門をくぐると、寺は屋根の葺《ふ》き替え工事中であった。無粋なブルーシートに覆われた建家と建築資材の置かれた庭。小説に言う「八重葎《むぐら》茂りて門を閉ぢ払《はら》はぬ庭に落葉積りて」の風情は求め得べくもなかった。葺き替え後に再訪し『瀧口入道』の世界に心ゆくまで浸りたいと願いながら果たせずにいる。

（二〇一八年十一月『時の法令』）

餅つきの効用

子供の頃、私の田舎では多くの家がひと冬に二度か三度餅つきをした。なかでも、旧正月前の餅つきは、夜八時頃につき始めて明け方近くまでかかる家が多かったように記憶する。一家中で時には近所の人も加わって賑やかに行う餅つきは、子供にとっても心弾む行事であった。つくのは丸餅とかき餅である。丸餅はのし板の上でしっかり揉み込む。すると、押し潰してもすぐに元に戻るくらい弾力のある餅となる。しかし、腰が強いだけに胃には相当負担がかかる。餅つきの翌日には餅を食い過ぎて学校を休む子がいた。これを「餅にねじられる」と言った。しんしんと冷え込む冬の夜、大人たちに交じって、つきたての餅や打ち粉の上に鼻水を垂らし、眠気と闘いながら餅を丸めた頃が懐かしい。

時を経て数年前、地域の餅つき大会に参加した折のこと。私も杵《きね》を持たせてもらったが、たちまち息が上がり、とても昔取った杵柄《きねづか》とは参らなかった。屋外の餅つきとあって、通りがかりの人に加えて近所の保育園児や老人ホームのお年寄りも集まり、期せずして、ひと時の地域住民交流の場と化した。大都市やその周辺では、住民の触れ合いが薄れたと言われて久しい。日頃言葉を交わすこともない人同士がつきたての餅を肴《さかな》に話に興ずる様子を見て、餅つきなど昔ながらの行事の復活が地域活性化の手がかりになるかもしれぬと思ったりしたのであった。

田舎で暮らしたあの頃、単調な明け暮れの中で、人が集まるというだけの些細な変化が心底嬉しかったものだ。それに引き換え今の私、あれこれと楽しみを求めることになんと貪欲なことよ。

（二〇一四年二月『日本経済新聞』「あすへの話題」）

絹の下帯

ご存知の方も多いと思うが、皇居の紅葉山御養蚕所では、日本の伝統文化を大切になさる皇后陛下（当時）が、自ら蚕《かいこ》を育て繭《まゆ》を生産していらっしゃる。皇居で飼育されている小石丸という純国産種の蚕の糸は、正倉院宝物の復元模造にも使われる。幻の絹とも呼ばれる繊細な小石丸の糸を使い、伝統の技で織り上げた、絁《あしぎぬ》、羅《ら》、綾《あや》、錦《にしき》などの絹織物は、古代王朝文化の精華を今に伝える品々である。その優雅にして玄妙な味わいは、観る者を魅了せずにはおかない。

今や目にすることも少なくなった蚕であるが、私には少しばかり思い入れがある。父は、養蚕の技術指導員として一生を終えた。また、家でも蚕を飼っていたので、子供の頃、桑摘み、給桑《きゅうそう》、上簇《じょうぞく》などの作業を手伝わされた。宮内庁勤務となった今、養蚕業が皇居の一角で連綿と続けられていることに、いささかのご縁と懐かしさを感じている。

話は二十年以上前にさかのぼる。何かのきっかけで、かつての製糸業の雄、片倉製糸に長く勤務し、今も関連会社の顧問をしているというA氏と知り合った。父も若い頃この会社に勤めていたことを告げると、偶然を大いに喜ばれ、日本の花形産業であった往時の製糸業のあれこれについてひとしきり話して行かれた。

一ヶ月後、再訪されたA氏は、おもむろに茶封筒から一枚の紙を取り出された。昭和十年頃の片倉製糸加須工場の従業員名簿の写しであった。そこには若き日の父の名前も載っていた。さすが伝統の会社である。戦前の従業員名簿まで丁寧に保存されている。

A氏は、「これも記念にどうぞ」と小さな紙包みを差し出された。開けてみれば、一メートルほどの白絹地の片端に紐が付いている。「弊社が細々と作り続けている絹製品です。父上にお召しになっていただきたい」。なんと、絹の下帯、越中褌《ふんどし》ではないか。昔を偲ぶよすがになればとて、父のために持ってこられたのである。しかし、父はすでに亡くなって久しかった。うっかり言い忘れたのだ。恐縮しつつ、そのことを話すと、ひどく残念がられたが、「それでは仏前にお供え下さい」との申し出。心遣いに感謝してありがたく頂戴する。私から事の次第を聞いた母は、ことのほか喜んで、早速、仏壇にお供えし、父の位牌に報告するのであった。思わぬ親孝行ができたというわけである。

絹の下帯は、しばらくそのまま仏壇にあった。私としては、その穿《は》き心地が気になる。そこで、母の許しを得て着用してみることにする。絹地に線香の匂いが染み込んだ頃合いである。仏に断りを入れたうえで一着に及ぶ。

肌触りは、実に柔らかく滑らか。ゆったりと心安らぐ気さえする。だが、その分締まりが悪く、頼りないと言えば何とも頼りない。とても「緊褌《きんこん》一番」とは参らない。絹の下帯にしろ絹のハンカチにしろ、絹は、昔から公家や大名など上つ方の持ち物とされている。大汗かいて戦場を駆け回る兵士や田畑を耕す農民の作業用には適さないらしい（もっとも、「当てが外れる」ことを洒落で「越中褌」と言うくらいだから、絹製であろうとなかろうと、越中褌はさして締まりの良いものではなさそうだが）。

ともあれ、絹の下帯は、薄れつつあった亡父への思いを暫《しば》しよみがえらせてくれた。養蚕業の衰退と運命をともにした父。飲兵衛で、頑固で、母を困らせた父。しかし、どこか飄々として憎めない父でもあった。下帯着用に及んだ日の夜、父の夢を見た。絹の下帯姿で踊っていた。やはり酔っ払っていたように思う。

（二〇一一年十一月『月刊文藝春秋』「巻頭随筆」）

豚と私

豚の思い出を書く。

敗戦の日、玉音放送を聴くために近所の人が我が家に集まっていたのをかすかに覚えている。当時三歳に過ぎなかったから、あるいは、後に母から教えられたのを自らの記憶と錯覚しているのかもしれない。その当時、集落に二、三台しかない貴重なラジオがどういうわけか貧乏所帯の我が家にあった。きっと、新しもの好きの父が相当無理して購入したのだと思う。

そのラジオだが、私が小学校に上がる頃、仔豚数頭に形を変えた。勤めの片手間に豚を飼うことを思いついた父は、ラジオと仔豚を物々交換してきたのである。早速空き地を借りて粗末な小屋を建て柵で囲んでにわか養豚場にした。しかし、二年ばかりで豚も小屋もなくなったから、結局素人養豚家の悲しさで上手くいかなかったのだろう。

二度目の豚との出会いは高校生の頃。定年が近づいた父は、家計も考えたのだろうが、今度はメス豚に仔を産ませこれを育てて出荷することを始めた。といってもメスの成豚が一頭だけで、どれほど家計の助けになったかは怪しいものだったが。毎日の餌やりや敷き藁《わら》の交換など、私も随分手伝わされた。出産にも立ち会って臍《へそ》の緒を切って糸で縛り赤チンを塗ったり、胞衣《えな》の始末をしたり、ちょっとした助産師助手の気分であった。また、洪水に見舞われて、かろうじて水面に頭だけ出した豚を避難させるのに苦労したこともあった。

人間も含め哺乳動物は幼少時には、顔、仕草とも実に可愛いが、成熟するに従って可愛くも何ともなくなるものが多い。なかでも豚はその落差の最も甚だしいものである。仔豚の可愛さは他に例を見ない。円《つぶ》らな瞳で短い尾を振りながらあの愛くるしい鼻をこすりつけてくる。無邪気に纏《まつ》わりつくこの仔らを無情にも売りに出さねばならぬと思うと罪悪感さえ覚える。ところが、親豚となると、疑い深そうな三白眼で餌を催促し非難がましくブーブー、キーキー鳴くだけの代物に変わり果てる。

「犬は我々を尊敬し、猫は我々を見下しているが、豚は我々を対等に見てくれる」とはウィンストン・チャーチルの言葉であるが、豚好き宰相のひいき目という感じがする。確かに、豚はひたすら自らの要求を無遠慮にぶつけるだけで、我々を尊敬も見下しもしない。見方によれば、それが我々を対等に見ている態度だと言えば言えるのかもしれない。少なくとも自分の欲望に忠実な生き物であることだけは間違いないだろう。

それにしても、こんな我がまま放題な豚を好もしく思うとは、名宰相にして一級の文化人チャーチルは、一面相当我慢強い人でもあったのかもしれない。

（二〇一八年十月）

南国土佐を後にして

ペギー葉山が亡くなった。昭和三十四年「南国土佐を後にして」の大ヒットで押しも押されもせぬスター歌手となったことはよく知られるところ。土佐民謡「よさこい節」を基調とする曲なのにどこか都会の匂いが漂う歌いぶりは、田舎の高校二年生の私に遠い世界への憧れにも似た気持ちを抱かせたのだった。もともとは戦争中に中支の戦場で高知県出身の兵士が歌った望郷の歌だったそうだ。しかし、私にとっては、同世代の他の人々同様、「南国土佐を後にして」は、甘く切ない青春歌謡である。

当時、学習塾とてない田舎の受験生にとって、学校の授業以外で頼れるものといっては受験雑誌とラジオ講座のみ。私もご多分に洩れず、一応、ラジオ講座の聴講生であった。だが、ラジオの性能が悪く、電波の状況も良くなかったせいか、途中で音が消えたり、極端に小さい音になったりと、効果的な学習法とは言えなかった。それでも、取り残されるという強迫観念に駆られ、眠い目をこすりながらラジオにかじりついたものだ。あの頃の自分が少しばかり愛おしい。いつもの通り気の乗らぬままラジオのスイッチを入れたある夜のこと、受験界では名の通った講師の英語の講義であった。開口一番、「諸君、南国土佐を後にしてラジオ講座を先に聴け」。いっぺんに眠気も飛びその夜はいつになく気を入れて聴いた。そのくらい「南国土佐を後にして」は全国津々浦々で聴かれ歌われていたのである。

講義の内容などひとかけらも覚えていないのに、今もあの一言だけはすぐ口を衝《つ》いて出てくる。思えば、長じて駄洒落好きになったのもあの一言がきっかけだったのかもしれない。その点に関しては、教育効果抜群の講義だったと言ってよかろう。

（二〇一七年五月『時の法令』）

同期会のこと

よく言われることだが、高齢者の仲間入りをする頃になると、小中学校、高校などの同期会の開催頻度が増すようである。誰しも人生の終期を意識する年代を迎えれば人恋しい気持ちが起きるのであろう。

ご多分に洩れず、今年七十三歳を迎えた私にもこのところ高校の同期会への誘いが毎年来る。同期会というのは、思い出を共有する者同士が懐かしさに浸る場であるが、同時に、二度とあの頃は戻ってこないのだという冷厳な事実を確認し合う場でもある。その昔の少年少女が、夢多かりし頃を回想してひとしおの寂しさを噛みしめ合うのである。ことに、ガキ大将が好々爺《こうこうや》となり、貴公子然とした秀才がただのお爺さんに変わり、マドンナが生活臭を漂わせた老婦人と化しているのを見ると、呼べど帰らぬ青春の日々をうら悲しく思い出し、感傷的にさえなる。

私たちの同期会には、三年間担任だった女性の英語の先生が毎度出席して下さる。今年九十六歳なので、当時、すでに四十歳を超えておられたことになる。ずっと独身を通されたのだが、気性の激しい先生で、何かにつけてよく怒られた。悪童どもは先生を怒らせるのが面白くてわざと挑発的な言動に出たりした。その先生が、同期会ではいつも笑みを絶やさず、穏やかな会話に終始される。「あの激しかった方が」と驚くと同時に何か物足りなさと一抹の寂しさを感ずるのだった。

昨秋は、世話役の計らいで会の翌日に地元の名所再訪のツアーが行われ、先生も参加された。萩焼の窯元見学から始まったのだが、少し坂を登ったところに窯があったため、用心して先生には駐車場の車の中で待っていただくことになった。陶芸家の懇切な説明と味わい深い陶器の数々に魅せられて、一同時間の経つのを忘れた。一時間ばかりして、一人がやっと思い出した。「あっ、先生を待たせていたんだ」と叫ぶ。大慌てで車のところまで戻ってみるといない。さあ大変。あちこち探してようやく三百メートルばかり離れた場所を歩いている先生を見つけた。かんかんに怒っている。「昨日の会では下へも置かぬ扱いをしておきながら、今日は放ったらかしの仕打ち。タクシーを呼んで帰ろうと思っていました」。一同平身低頭で謝ってご機嫌を直していただく。その時、なぜか私はとても嬉しい気分になった。「何十年経ってもやはり先生は変わっていない。すぐにむくれたりかっとなったりするお嬢様気質のままだ。同様に、ガキ大将も、秀才も、マドンナも、姿変われど心は昔のままに違いない。これでこそ同期会だ」と気分は一気に高揚し、出席の都度感じてきた、失われた時を憂うあのほろ苦い感傷はどこかに吹き飛んだのであった。

かくして、今秋も、妻が投げかける「あなたも好きね～」の冷やかしを背に聞きながら、遠路も厭わずいそいそと同期会に出かける次第となる。

（二〇一五年十二月『生き生き塾機関誌』）

【後日記】

今年も高校の同期会の案内が幹事から来た。「今年は、我々の喜寿と恩師の百寿を祝って盛大に行いたいのでぜひ奮ってご参加を」とあり、さらに「なお、地元有志とも相談した結果、今回をもって定例の同期会は終わりとすることとしました」と書き添えられていた。何でも、「体が不自由で出かけられない」、「連れ合いをなくして会合に出る気力がない」といった人が増えてきて、ここらが潮時と判断した由。寂しい限りだが、これが歳を取るということだと諦めるしかあるまい。今年は万難を排して出席し、級友とともに「日の名残り」を惜しむこととしよう。

味噌ひき労働者

三月は卒業の季節。その昔、卒業式に歌う「仰げば尊し」の中の歌詞「忘るる間ぞなき」を私たちは「忘るる間どなき」と歌った。我が田舎では「ぞ」を「ど」

と発音したからである。いつの間にか「間ぞ」は「窓」と混同され、子供たちは「惜別の情胸に迫り学び舎の窓の一つとて忘れ難いのだな」と見当違いの感傷にふけるのだった。

大学に入学した頃、学生運動華やかなりし時代とあって、学内でアジ演説を聴く機会が多かった。演説の中で「味噌ひき労働者」という言葉がよく出てきた。「我々学生は味噌ひき労働者と連携して云々」。零細企業で働く虐げられた労働者と手を携えてというほどの意味だろうと推測した。石臼《いしうす》で味噌豆をひく働きづめの老女の姿を思い浮かべ、含蓄のある言葉だなあと一人感じ入ったものである。その後、何かの折に都会地出身の友人に話したところ、怪訝《けげん》な顔で「未・組・織労働者ではないのか」と言われ、驚くやら恥ずかしいやら。我が田舎では「ひ」と「し」の区別も怪しかったのである。質屋は「しちや」か「ひちや」か判然としない。

もともとマルクス主義についての知識とてほとんどなかったのだから、この一事だけを恥じても始まらないのだが、何もかも気後れすることばかりだった若かりし頃のほろ苦い思い出として覚えている。負け惜しみで言うわけではないが、今考えても「味噌ひき労働者」の語感は、何となく人情味が感じられ、悪くないと思う。

テレビの影響なのか、今は全国どこに行っても標準語らしき言葉で会話がなされるので、発音のゆえのこうした勘違いはないのであろう。しかし、それはそれで味気ないと思わないでもない。

（二〇一四年三月『日本経済新聞』「あすへの話題」）

ひとすじの純情

話は五十年以上前にさかのぼる。十二月初めの夕方、友人と連れ立って京都の街を歩いていた時のことである。寒空にワイシャツ姿の若者に呼び止められ、近くに交番がないかと尋ねられた。出張帰りの夜行列車で、寝ている間に財布や乗車券の入った上着を盗まれ、やむなく京都駅で下車した由。勤務先までの乗車賃の算段がつかず交番に泣き込むのだとか。純朴そうな若者の災難にすっかり同情した友人と私は、奨学金が出たばかりで少し現金があったので、路銀を貸し夕食をご馳走したのだった。若者は、帰ったらすぐに返すことを約し、名刺を置いて去った。しかし、お金はついに返らず、名刺の職場に電話しても該当者なしの返事だけであった。

今は関西財界の幹部である友人は、この思い出を話題にしたがらない。生き馬の目を抜く実業界を生き抜いてきた彼には、若き日の自分の甘さが苦々しく思えるのであろうか。しかし、確かに甘ちゃんではあっても、人を疑うことの少なかった頃の初《うぶ》な自分の純情を尊いものと思う気持ちが私には今もある。

長く勤めた役所を退く時、記者の質問に答えて「この職場を志した純粋な気持ち、いわばひとすじの純情を一貫して保ってきたかを自らに問うている」と述べた。世の風に曝《さら》され次第に煮ても焼いても食えない人間になっていく中、「ひとすじの純情」を貫くことは、難題でもありまた貴重なことでもあるように思う。中国の古典『菜根譚』に「人と作《な》るには一点の素心存するを要す」とあるのも、この辺のことを説いているのだと勝手に解釈している。

もっとも、あの程度の胡散臭い手口に引っかかるのは、単なるお人好しであって純情とは無縁だと言われれば、そうかもしれない。

（二〇一五年十二月『時の法令』）

【後日記】

文中の「友人」というのは、佐藤茂雄君である。京阪電鉄の社長を経て大阪商工会議所の会頭を務めていた。なんと、『時の法令』にこの拙文を出稿した直後に彼の訃報がもたらされた。二〇一五年十一月二十日、現職の会頭のままの急逝であった。欲得抜きの友をまた一人失った悲しみは深かった。後日、同級生有志で偲ぶ会を催した際、追悼文のつもりで夫人に私の拙文のコピーを差し上げた。形見分けにとその日の出席者に配られたのは、故人が好んだというドラえもんの図柄の入ったネクタイであった。ドラえもんか。やはり彼もまた、夢を追う子供にも似た「ひとすじの純情」を心の隅に蔵していたのだと、何かほっとするような気持ちになった。

相撲礼讃

《土俵の土にまみれて》

二十数年前「強き者良し、弱き者さらに良し」という心優しい宣伝文句につられて相撲部に入部し、大学四年間を土俵の土にまみれて過ごした。自分で言うのも何だが、堅実無比な先鋒で、自分より実力が下の者にはまず負けなかった。しかし、自分より実力が上の者には絶対に勝たなかった。当然の帰結として、通算成績は負けの数が上回った。

《柔能く剛を制す》

「柔能く剛を制す」は柔道についてよく言われる。しかし実際は、柔道では二十キロの体重差があるとまず勝てないという。若き日、学生柔道界に名を轟《とどろ》かせ、柔道家になるか医学の道を選ぶか真剣に悩んだという日本医師会の吉田清彦理事に伺った話である。その点、体重の差が圧倒的に物を言うと見られがちな相撲の方がむしろ「柔（小）能く剛（大）を制す」が当てはまるようだ。千代の富士対小錦戦（体重差百キロ）を考えてご覧になればよい。
これは、両者の勝負のルールの違いからくる。柔道では、投げたり、抑え込んだりという形で決着がつく。これに対し相撲では、土俵の外に出るか、土俵の土に足の裏以外の部分が触れれば負けである。この単純明快なルールのゆえに相撲はスピードによって体重差をカバーしやすい。また、広い空間での勝負だと最終的に体重差が物を言うが、土俵という直径十五尺の小さな空間での勝負である。技が力を制する可能性も高く、さらに、瞬間的な力の出し具合が勝敗の分かれ目になる。一瞬の時間への力の凝縮。これこそが相撲の醍醐味である。まことに洗練された粋なスポーツではないか。

《拳はゴルフのグリップの要領で》

相撲の要諦は肩の力を抜いて体の重心を下げることにあると思う。しかし、それでもって全身の力が抜け、脇も甘くなるのでは何にもならない。脇を固め、全身に力を漲らせて、しかも肩の力が抜けていることが肝要。かくすれば、力強く敏速な動きができ、守りにも強い。これは言うべくしてなかなか難しい。四股《しこ》、鉄砲、摺り足の稽古を重ね、実践で、透かされたり、はたかれたりしながら体で覚えるしかない。

しかし、稽古に当たって心がけるべき点はいろいろある。簡単なところで言えば、仕切りの際の拳の握り方。きちっと握らなければ力が出ないが、がちがちに握ったのでは肩に力が入る。小指と薬指はきつく握る。中指と人差指は軽く握る。そして親指をそっとかぶせる。こうすれば、肩に力が入らず、脇も締まり、しかも差した場合に腕を返しやすい。ゴルフのグリップの要領と同じだとお気づきの方もあると思うが、その通り。しかし、こちらの方は私のスコアではいろいろ言い立ててもあまり説得力がないのでこれ以上はやめる。

肩の力を抜いて脇を固め、気力を充実して事に当たる。これは処世の要諦かもしれない。相撲の向こうに人生が見える。相撲はなかなかに玄妙なる味わいのあるスポーツである。

《夢必ずしも幻ならず》

今でも相撲を取る夢を見る。たいていは、頭を付けて機敏に動いて肩透かしか何かで大兵を切って取る。現実にはついぞなかった勝負展開。見果てぬ夢である。

しかし、夢の中で技術が向上するということはある。現役の頃、相手に取られた上手《うわて》廻しを切るのが下手だったが、卒業後二年ぶりに土俵に上がった時は上手く切れた。肘を張って相手の手首の内側にあてがい、一歩踏み込んで腰をひねる。この動きがちぐはぐで成功率が低かったのに二年の空白の後で面白いように決まった。勝たねばならぬという強迫観念から解放されたことによる心のゆとりのせいであろうが、イメージ・トレーニングの成果でもあると思う。「夢幻のごとし」というが、夢必ずしも幻ではない。夢が現《うつつ》につながる場合も多いのである。

《稽古廻しを購入》

この稿を書くに当たって、二、三確かめたいことがあって、相撲の教習本を買うことにした。ところが、十軒以上の本屋を廻ったが全くない。柔道、剣道、空手は言うに及ばず、「なぎなたの初歩」や「手裏剣上達法」まであるのにである。

私は虚しく並ぶ万巻の書を前に言葉もなく佇《たたず》んだ。行うスポーツとしての相撲はついに歴史上の遺物となり果てたのか。私が青春の日々をかけ血道を上げたあの相撲はどこへ行ったのか。

ここにおいて、私は重大決心をした。相撲道の復権である。そのためにまず私自身が現役に復帰しよう。かくて、早速に稽古廻しを購入した。今、この廻しをきりりと締めて、再び土俵で汗を流すことを夢見る毎日である。同好の士よ、来たれ。斯道復活のためにともに精進せむ。


（一九九〇年　厚生省広報誌『厚生』）


【後日記】

かく意気込んでいた私であったが、この稿を書いて間もなくの健康診断で、軽い不整脈が見られるので激しい運動は避けるべしとの医師の忠告を受けることとなった。何とも情けない次第だが、その原因も丈夫でない心臓を持ちながら相撲のような激しいスポーツをやったことが一因であると言われては、現役復帰は諦めざるを得ない。稽古廻しは今も簞笥の隅にきれいなまま眠っている。

一方、行うスポーツとしての相撲は、私の心配をよそに年々隆盛を見、ちびっ子相撲、女性の相撲、あるいは世界選手権なども行われるようになり、裾野《すその》を広げつつある。斯道衰退は杞憂《きゆう》に過ぎなかったのだが、私自身は、大相撲中継だけは見るものの不整脈を契機に相撲への関心は次第に薄れていった。

それがここに来て相撲熱を再燃させる出来事に出合った。我が校の後輩や他校のOBからの懇請黙《もだ》し難く、今年から「国公立大学相撲連盟」並びに「七大学相撲連盟」会長を務めることとなった。皮切りに、それぞれの相撲大会を見学したのであるが、これが意外に面白いのである。もちろん体格や技量において私立の有名校とは比ぶべくもない。しかし、大相撲を始めとして、体重の増加に比例して相撲が大味になったという感想を持つのは私一人ではあるまい。今や、栃若時代を彷彿させる勝負は数少なくなっている。それが、私が見学した相撲大会では、多くの半端相撲に交じって、体格こそ見劣りがするものの俊敏な動きで勝負を制する醍醐味のある力士を見ることができたのである。

というわけで、今、老い先短い身で再び相撲に血道を上げそうな予感がする。

小指の思い出

今年も、左手の小指の第一関節の痛みが始まった。数年前から、冬の訪れとともに痛み始め、暖かくなると知らぬうちに収まるということの繰り返しである。忙しい時は紛れて気づかない程度の弱い痛み。それでも、常に鈍痛を抱えているのはあまり気持ちの良いものではない。

「小指が痛い」と言えば、伊東ゆかりの往年のヒット曲を連想して、ロマンチックな風情を思い浮かべる人も多かろう。一人窓辺で微かな小指の疼《うず》きに耐えながら、激しく燃えたあの日の恋の思い出に耽《ふけ》るの図。竹久夢二の世界である。

だが、私の「小指が痛い」には、残念ながら、そんな心ときめく曰《いわ》く因縁など全くない。四十数年前に相撲の稽古で痛めた古傷が疼くだけの話である。中し合いの時に、何かの拍子で左手の小指が第一関節から逆方向に曲がるというひどい突き指をした。それを無理に戻して医者にも行かず放っておいたのだが、しばらくすると、腫れも引き痛みもなくなった。それきり長年何の異常もなかったのに、冒頭述べた通り、数年前から思い出したように痛みだしたのである。やはり、寄る年波には勝てず、体力が落ちてきたゆえであろうか。

あらためて大学四年間を土俵の土にまみれて過ごしたことの利害得失を考えてみる。指の古傷を始め、耳の変形、頭髪の後退など肉体上の後遺症が残ったこと、学問に打ち込むべき貴重な時間を浪費したこと、女性とは無縁の青春を余儀なくされたことなど、失ったものは大きい。もっともこれらの多くは相撲のせいだと言い切れるか甚だ怪しいのだが。一方で、相撲を通じて得たものも多い。苦労に耐える精神力、自らの力の限界を知る謙虚さ、そして何よりも愉快な仲間との友情など（これも勝手にありがたがっているだけの独り善がりかも知れないが）。

しかし、結局のところ、その当時は相撲を取ることがとにかく好きだったのだから、今さらあれこれ利害得失を論じてみても始まらない。好きな相撲に入れ揚げた挙句が四十数年後の「小指が痛い」となったというわけだ。「貴方が嚙んだ昨日の夜の」小指ではないけれども、その昔、恋する相撲に嚙まれた小指が今痛いのである。やはり私の「小指の思い出」も、欲得抜きで惚れ込んだ相手から受けた傷にまつわるものであってみれば、それなりにロマンチックかもしれない、と思い直す。

帰り来《きた》らぬ青春の日を偲びつつ、じっと小指を見るのである。

（二〇〇八年　京都大学相撲部誌『土俵』）

荒神橋往還

往《い》きの荒神橋は重い足を引きずって渡る。還《かえ》りの荒神橋は鼻歌交じりに渡る。荒神橋は鴨川に架かる橋の一つ。橋上から眺める京の山並みが美しい。我々京大相撲部は、週に一度か二度この橋を渡って対岸の立命館大学道場に出稽古に通った。当時立命館の相撲部は隆盛を誇り、学生横綱とアマ横綱の両タイトルに輝いた田畑外志雄氏がコーチとして連日土俵に上がっていた。立命館の稽古は我々の日頃の稽古に比べて格段に厳しく、たちまち息が上がるのが常であった。加えて、時に胸を貸してくれる田畑コーチには虫けらのように土俵外につまみ出され、いやというほど無力感と屈辱感を味わった。荒神橋を渡っての出稽古は私にとっては気の重い修行であった。結局、さして強くもならず詮ない苦労ではあったが、今はただ懐かしい。精進の足らざるを棚に上げて悟ったようなことを言っては猛稽古を重ねて名を成《な》した選手に失礼だろうが、世の中為せば成ることばかりではないという現実を思い知らされた四年間でもあった。

しかし、心に重荷を負いながら最後まで荒神橋を渡り続けたという事実は、後ほどの私の人生で何がしか役に立っている気がする。若き日の荒神橋往還を思い出して何のこれしきと辛《つら》い局面を耐えたことも幾度かあった。

昭和二十八年、学生デモ隊と警官隊が衝突した荒神橋事件の舞台としてこの橋を記憶している方もいるかもしれない。京大の学生が橋向こうの立命館の集会に合流するために渡ろうとしたのが事件の発端であった。デモ隊から相撲の出稽古まで両大学を結んだこの橋も、立命館のキャンパス移転に伴って橋渡し役を終えた。

（二〇一四年三月『日本経済新聞』「あすへの話題」）

望蜀の誹り

「望蜀《ぼうしょく》の誹《そし》り」という言葉がある。三国志などの故事に由来することわざである。一つの望みを遂げただけでは満足せず、欲張ってその上を望むというほどの意味と思う。

これを初めて聞いたのは、相撲部の二回生か三回生の時分、コーチの畑本先生からである。先生は熱心な指導者であり、また、大変に面倒見の良い方であった。特に私は、ご子息の家庭教師に雇っていただくなど、一方ならずお世話になった。先生は、また、大相撲の二所ノ関一門京都後援会の世話役もされていた。

ある時、先生から、二所ノ関部屋の力士のパーティーに呼んで下さるというお話があった。当時、二所ノ関部屋には、我々弱い相撲取りにとっては神様みたいな大鵬関がいた。彼も来場するとあって、一同小躍りして喜んだものである。

当日は皆張り切って会場のホテルに出かけたのだが、中に図々しいのがいて、「せっかくだから大鵬関の手形をもらおうじゃないか」と色紙を何枚も買い込んできている。それを畑本先生に頼み込む役が私に押し付けられた。厚かましいとは思いつつ、「あのー、手形をお願い……」と言った途端、「君、そういうのを『望蜀の誹りを免れない』と言うんだよ」と一喝された。恥ずかしながら、当時「望蜀の誹り」の意味を確《しか》とは知らなかったが、断られたことは分かった。すごすごと引き下がろうとすると、「どうなるか分からんが、取りあえず色紙を置いていけ」とのお言葉。

関取衆はまだ到着していなかったが、ほどなく開宴となった。我々の席にも京都の綺麗どころが大勢来て、しきりに話しかけたり、お酌をしたりしてくれる。良い気分になった頃、関取衆が姿を見せる。と、今まで我々にもちやほやしてくれていた女性陣がさーっと関取衆の席に大移動。こちらは手酌でちびちびやるはめになる。日の出の勢いの大鵬関は、男が見ても惚れ惚れするいい男ぶり。他の関取衆もそれぞれに魅力的な大男揃いで、こちらが打《う》っちゃっておかれるのも無理はないのだが、それでも悔しい。「手形なんぞ欲しゅうないわい」などとぶつくさ言いながら飲む。

そんな宴の翌日。稽古場にはすでに畑本先生が来ていて、「ほら、もらってやったぞ」と、朱肉の色も鮮やかな大鵬関の手形に見事な毛筆のサインが入った色紙十枚ほどを差し出された。ご祝儀も包まずに行って散々飲み食いした挙句に手形まで頂戴したのだから、さすがに一同大いに恐縮した。かの言い出しっぺが一言、「何でも言ってみるものだなあ」。

確かに、学生の分際でパーティーに招待され、そのうえ手形まで所望するのは、「望蜀の誹り」を免れぬ所業と言われても仕方ないだろう。だが、あえて蜀を望まぬ限りこれを我が物にすることなどできないのと同じように、パーティー出席だけで満足して慎ましく振る舞ったのでは、手形を手にすることなどできない相談であることも事実。してみると、高望みは止して手堅くいくのと元も子もなくす危険を犯して僥倖《ぎょうこう》に賭けるのとどちらが得策かは、にわかには決め難いように思われる。

故事においても、蜀を奪う千載一遇のチャンスだと主張する司馬仲達の進言を斥《しりぞ》け、隴《ろう》を得ただけで兵を退いた曹操の判断が正しかったかどうか、それは分からない。なお、件《くだん》の色紙は希望者殺到で、結局私の手には残らなかった。したがって、大鵬関の手形は今も持っていない。あえて望蜀の挙に出て首尾よく蜀を得ても、最終的には我が物にならぬといった事態もまままあるのである。

人の世の生き難さもさほどは知らず、何疑うことなく人類の進歩を信じていた、幸せな若き日の話である。あれから四十年の歳月が流れた。お世話になった畑本先生もすでに亡く、文字通り裸の付き合いだった当時の仲間と会うことも年を逐うて少なくなっていく。

（二〇〇四年　京都大学相撲部誌『土俵』）

継続は力なり

「継続は力なり」と大書した紙が貼り出された。数日後、これに「無」が加えられた。「継続は無力なり」。さらに数日後、「限の」が入った。「継続は無限の力なり」。五十年前、京大相撲部部室でのことである。最初の紙は出席状況芳《かんば》しからざるを憂えたマネジャーの作。「無」を加えたのは時に稽古をサボる高松玄之助君。そして「限の」を入れたのは稽古の虫と言われた私である。

土俵の土にまみれ、文字通り裸の付き合いをした仲間たち。なかでも、高松君とは、相撲部、学部、ゼミ、それに下宿まで一緒だった。激情型で親分肌の彼、情緒安定型で律義が取り柄の私。清潔整頓好きな彼、不潔乱雑を気にせぬ私。朝が弱い彼、目覚まし役の私。二人はすべてに対照的だった。にもかかわらず、あるいは、であるがゆえに、私たちは半世紀にわたる友となった。

製鉄会社に就職した彼は、国内各部さらに米国や中国でも持ち前の馬力で活躍した。その間、時に諍《いさか》いつつも、縄のれんで議論を交わしたり、埼玉の実家に伺い母上の絶品の手打うどんをご馳走になったりと、変わらぬ交友を続けて今日に至っている。

思えば、親友とは「にもかかわらずの友」、ある意味、腐れ縁なのかもしれない。

（二〇一一年七月『日本経済新聞』「交遊抄」）

【後日記】

大学四年間、時間の許す限り休まず稽古に通い続けた。「継続は無限の力なり」の標語に極めて忠実であったと言ってよかろう。しかし、それは、継続こそが力を付ける原動力だと信じて疑わなかったからではない。力を付けるためといった目的意識はむしろ希薄だった。昨日まで稽古を継続してきたという事実が無言の圧力となって、休みたい気持ちを振り切らせ辛《つら》い稽古を続けさせた、これが実情だったように思う。私にとって「継続は力なり」は、「昨日までの継続は、今日の継続を自らに強いる力なり」というほどの意味でしかなかったのである。

社会人になってもこれは変わらなかった。休まず続けてきたことだけを心の支えにして辛い仕事を何とかやり果《おお》せるという経験は幾度となくある。手を休めたらそれっきり脱落してしまいそうな強迫観念に駆られて遮二無二働き続ける、そんな場面を繰り返してきたように思う。私に限らず、世に仕事中毒と言われる現象も、その多くは自縄自縛的な心境に自らを追い込んだ結果なのではあるまいか。

間もなく職を退く時期を迎える。昨日までの継続の延長線上に今日があるという生活から、昨日までとは無関係に今日を生きる境遇に入る。今、そうした悠々自適の状況に我が精神が耐え得るか大いなる不安を抱いている。「継続は力なり」の心理的圧力を脱し、閑雲野鶴《かんうんやかく》を友とする心境に到達するまでには少々時間がかかりそうである。

（二〇一〇年　京都大学相撲部誌『土俵』）

第二章　仕事の周辺のことども ～面白きこともなき世を

非常勤の務めを入れれば、今年で五十四年の勤め人生活ということになる。その間、楽しく仕事をしたという経験よりも任の重さに耐えかねるといった経験の方が多かった。それは、かかって、私の志の低さ、能力と努力の不足のゆえであるが、今さら過去を悔いても詮ないことなのでやめる。

友人に脱サラして画家になった人がいる。サラリーマン時代は、猛烈社員で仕事に明け暮れる毎日だったようだが、今は、絵を描く傍ら、移住先の田舎の付き合いを楽しみ、古文書の解読などにも挑戦する日々である。その様子を「〇〇通信」と題して、友人たちに発信している。その文面を見ると、自然環境や人間関係も含め周辺に生起する事象に対し余裕を持って眺め、面白がっている趣が感じられる。私も、後期高齢者となった今、辛《つら》く切ないことの多かった仕事にかかわることどもについて、今一度「面白きこともなき世を面白く」の心構えで距離を置いて見直してみたい気がする。

私にとって初志とも言うべき社会保障行政についても、もともとどの程度通暁していたか怪しいものだが、職を離れて二十年、今や懐かしい東北弁を聞きに上野駅へと出かける啄木に似て、たまに懐かしきその香りを嗅ぎに講演会などに出かける程度で、制度論や政策論は私の理解の及ばないことが多い。

という次第であり、肩透かしを食わせるようで気が引けるが、以下は、「なんだ、こんなことに血道を上げていたのか」といった懐かしさと反省のない交ぜの事柄や仕事がらみのちょっとした思いつきの類を、面白半分に書いてみた程度のものである。

男純情の

平成十三年、厚生省退官に際して、記者から尋ねられるままに「三十六年間の公務員生活を顧みて、ひとすじの純情を保ち得たかを自らに問うている」と述べたところ、某紙のコラムで取り上げられた。私としては、その時の心情を正直に語ったつもりだったが、少しばかり感傷に過ぎたかなと気恥かしくもあった。

貧乏と向き合った仕事がしたいというだけの素朴な動機で、しかし、それなりに熱い思いを秘めて、この役所に入ったのだったが、どっこいそう単純ではなかった。巡り合わせもあって、公務員生活のかなりの期間を制度の維持安定のために国民に厳しい選択を迫る類の仕事に費やしてきた。諸方面から悪し様に言われながら仕事をする局面も経験した。凡人の悲しさで目前の難題をこなすのに手一杯となり、何のための、誰のための制度かという基本に思い及ばぬ場面もなかったとは言えない。しかし、心の隅では、かくてはならじという思いを常に持ち続けていたつもりだった。「ひとすじの純情」とは、今さらながらの反省とこだわりが言わせたセリフである。

確固たる使命感を持ってこの仕事を選ばれたであろう諸先輩といえども、どこかの場面ではこうした気持ちになられたことがあるのではあるまいか。役所に入ってまだ三、四年の頃、私がいた局は、健康保険の赤字問題に悪戦苦闘していた。例によってあちこちから総スカンにやられ、局の幹部はその対応に忙殺される日々であった。そんなある夜、その日の苦労をコップ酒で癒しつつ、幹部の一人がぽつりと「我々は、今や穢《けが》れに穢れた処女だなあ」と言ったのを思い出す。行政官としては、徹底的に合理性を追求したうえで為すべきことを為す、事に当たっては手練手管を弄することも厭わない、当然そうあらねばならぬ。しかし、根っこのところで、温かい心が通っていなくては他人に負担を押し付けるだけのおぞましい代物となる。「穢れに穢れた処女」発言も「表面的には世の評判を落としても為すべきことを為すにおいて穢れなき乙女のごとき心意気を失ってはいないのである」との自負を披瀝したものと受け止めた。

私の「ひとすじの純情」も幼稚ながらこの先輩と同じ心情を吐露したつもりであった。これについては、後日注意する人があって、演歌の文句のようなのではなくて、中国の『菜根譚』という書物の中にちゃんと「人と作《な》るには一点の素心存するを要す」とあると教えてくれた。「素心」とは純粋な心というほどの意味だそうだ。なるほどこの方がもっともらしい。まあ、「一点の素心」でも「ひとすじの純情」でもよろしいが、混濁の世にあってこれを生涯持ち続けるのはやはり貴重なことのように思える。そう言えば、「強くなければ生きていけない、優しくなければ生きていく資格がない」というのもあった。大真面目に言うにはちょっと気恥ずかしいという点でも我が「ひとすじの純情」と同類のようだ。

（二〇一〇年四月）

自虐私観

「君は五しか知らないことを十知っているように表現するのが上手いね」。四十年前、業界紙に載せる私の原稿に事前に目を通してくれた上司の一言である。グサッと胸に刺さった。確かにその原稿、にわか勉強で不確かなところもあるのにその道の権威のように書いているなとの自覚はあった。自分を自分以上のものに見せたいという魂胆を見透かされた思いがしたのだった。

思えば、学生時代、相撲のぶつかり稽古で私が苦しい表情をするのを、早く切り上げて欲しいがための演技と見て、「苦悶の表情の羽毛田」と上級生から揶揄《やゆ》され、また、公務員になってからも、流れる汗を拭き拭きいかにも恐縮の体で法案などの説明をされるとほだされて対応が甘くなると、国会議員から言われたこともある。いずれの場合も、実際の自分以上の何かと思われたいという演技の要素が全くなかったとは言えないかもしれない。

あの時の上司の笑いながらの一言は、自分の嫌なところを鋭く突く言葉として私の心に長く重たく残った。もっとも、発奮して五の知識を十にする努力をしたかというと、甚だ心許ない。今日に至るも、自分の持つ知識以上に表現することに腐心しがちな習性は変わっていない。今や、これも自分の持つ個性と開き直ってさえいる。

そう言えば、その上司には、よく「君は国会質問が来るのが夜遅くなると、その前に寝てしまい、肝心の答弁作成時に起きてこないのに、夜食のおにぎりを食べる時にはパッチリ目を覚ますね」と冷やかされた。恥ずかしながら、食い意地が張っているのも、後期高齢者となった今もあの頃と変わっていない。

（二〇一六年七月『時の法令』）

ドリアンのこと

ドリアンを食べたことがおありだろうか。醸造発酵学者の小泉武夫氏がドリアンを初めて学生に食べさせた時のことを雑誌に書いていた。「便所の中でシュークリームを食っているようだ」という一人の学生の感想に言い得て妙だと感心した由。氏自身も「ものすごく臭い食べ物というのは旨みを伴っているというか魔性の味だ」と見解を述べている。

四十年も前のことになるが、私にもドリアンにまつわる臭い思い出がある。医療関係の調査のため、四人の官民混成チームで東南アジアに行った時のこと。参加者は七十歳近い臨床医一人の他は三十代であった。この臨床医、東南アジアの文物にはやたら詳しくて行く先々で蘊蓄《うんちく》を傾ける。聞けば、先の大戦中軍医として南方を転戦したとか。

クアラルンプールでのこと。街で露天商からメロン大の果物を勧められた。ドリアンだと言う。割って鶏卵くらいの白い塊を取り出し試食せよと差し出す。これが何とも臭い。若者組は臭《にお》いに閉口して固辞したが、老医師は「果物の王様と言われる珍果に尻込みするとは情けない」と言いながら旨そうに試食し、残りを買って持ち帰った。その夜ホテルで若者組が飲んでいたところ、ドアをノックする音がする。ドリアン持参の医師である。開口一番、「助けてくれ」。いぶかる我々に、「少し食って残しておいたところ部屋に臭いが充満して息が詰まりそうだ。頼むから手分けして食ってくれ」との話。しかし、我々の口に負えない代物なので、結局ホテルの客室係にチップを渡して処分してもらったと記憶する。

以後もドリアンは食していない。辛抱して食べていると悪臭までもがなくてはならぬものになるという説にも接した。食の楽しみのためとあらば、くさやであれ鮒ずしであれ臆せず挑戦している今、若き日ドリアンに尻込みしたのは敵に後ろを見せたようで口惜しい。


（二〇一九年十月『時の法令』）

【後日記】

件《くだん》の老医師、文中にも書いた通り、東南アジアの文物には非常に詳しく我々も教えられるところ大であったが、先方の政府や関係機関との協議や調査の際はおおむね居眠りをしているという風で、何の目的で調査チームに参加したのか当初は今ひとつ分からなかった。しかし、後ほど判明したところでは、訪問国の一つに若き軍医だった頃の現地妻と子がいて二人に会いたいというのがどうやら参加の動機らしかった。行く先を告げずに外出したことがあったが、きっと暫《しば》しの逢瀬だったのだろう。不愛想だがどこか憎めないところのあったその医師も逝《ゆ》いて久しい。当時は、先の大戦のそうした形の名残りもまだあったのである。

紙つぶて合戦

この時期、国会に提出する法案の作業に大わらわの省庁も多いのではあるまいか。一般の人にはあまり知られていないが、法案を国会に提出するまでの関係者の苦労は並大抵ではない。原案を作り、内閣法制局の審査を受け、関係省庁や与党との協議を整え、閣議を経て初めて国会提出となる。

なかでも、関係省庁協議は難物である。重要法案となると、一省庁だけでも百項目もの意見やら質問やらが寄せられる。回答期限が明朝までなどということも珍しくない。こうして何度も協議を重ね、へとへとに疲れるまでやり合ってようやく合意に至る。

その間のやり取りは、さながら紙つぶて合戦の様相を呈する。担当者は、喧嘩には勝たねばならぬとばかりに、こじつけの理屈まで持ち出して奮戦する。私のような意志堅固ならざる者は、重なる徹夜の合戦に倦《う》んで、とにかく出口に辿り着くことのみを念ずるようにもなる。合戦の熾烈さは、通信手段が紙のやり取りからファクシミリ、電子メールへと発達するにつれてエスカレートしていく。

確かに、一点の異論も残らぬよう徹底的に論議することは必要に違いない。また、交渉に揉まれて人材がたくましく育つのも事実だろう。しかし、ゲーム感覚に駆られ法案に込めた熱い思いを忘れて論議のための論議に終始するのでは、本末転倒と言わねばならぬ。

「強くなければ生きていけない。優しくなければ生きていく資格がない」は、法案協議についても言えそうである。

もっとも、これは、私が現役だった十数年前までの話。今は、もう少し生産的な交渉がなされているのかもしれない。

（二〇一五年三月『時の法令』）

少子高齢化社会の風景

少子高齢化社会の到来によって、都市部も地方もその風景を大きく変えつつある。

「結婚式場が葬儀場に変りたり　少子高齢化とどまり止《や》まず」。首都圏のある短歌教室の生徒の歌である。結婚式場が葬儀場に転換した例こそ知らないが、私の住む街でも駅前の酒屋が何年か前に小規模な葬儀場に変わった。結構繁盛していて、「元酒屋だけに通夜振る舞いや会葬返礼に良い酒を出す」などと妙なところで評判を取っている。街でデイサービスなどの送迎車に頻繁に会うし、町内にお年寄りが死亡して空き家になった住宅が目立つ。市内の大型団地では、老老介護や孤独死などの問題が深刻となって久しい。

私の故郷は山陰地方の山村だが、昨秋、久しぶりに帰郷してその変貌に驚いた。田舎なりに活気のあったかつての風景は一変して、子供の歓声や遊ぶ姿はなく、稀に行き逢う人も多くは高齢者である。私の育った家も、何軒かの隣家とともに空き家となって亡父の植えた庭木が伸び放題に伸びていた。まさに「故郷の廃家」。少子高齢化と人口の流出がもたらしたやるせない風景を前に、「昔を今になすよしもがな」の思いに駆られたのだった。今、農山村に限らず多くの地方都市でも、街の中心部がシャッター街と化すなど寂しい風景が目につく。

「地方創生」などの政策は、こうした現状を変革し、活気ある地域社会を取り戻そうという努力なのだろうが、私たち高齢者も、体力の衰えに抗して生き生きと暮らすことで、率先して社会の活力維持に努めたいものだ。

（二〇一五年十月『時の法令』）

【後日記】

少子高齢化社会になっても、それぞれの地域が潑溂《はつらつ》とした社会であり続けるためには、高齢者自身ができるだけ若さと活力を保ち社会とのつながりを失わないように努力する心がけも大事なことであろう。

しばらく前に、地方の大都市に住む友人から聞いた話。彼《か》の地では、近年、葬儀委員長代行業なるものが繁盛している由。サラリーマンは、退職後、長い老後を地域社会との付き合いもほとんどなく過ごす。死ぬ頃は元の会社とのつながりも切れている。結局、葬儀委員長のなり手がない。そこで代行業の登場というわけだ（ちなみに一回三万円だそうだ）。

ぜひとも退職後まで続く人間的な交流が欲しい。というわけで、私自身、常勤の仕事を退いて後は心がけていろいろな集まりに参加している。地元のグループはもとより遠くは妙義山麓の農業仲間まで、ほとんどめったやたらという感じではしゃぎまくっている。

椅子と健康

椅子の形状や材質が健康に及ぼす影響を研究している専門家の話を聞いたことがある。見過ごされがちだが、椅子の座り心地は単に快適さだけの問題ではなく優れて健康にかかわる重要問題の由。椅子の生活が家庭でも職場でも一般化し、通勤や余暇の時間も椅子に座ることが普通になっている。私の昨日を振り返ってみても、通算十二時間弱を様々な椅子の上で過ごした勘定になる。一日の半分近くを過ごす椅子と健康の関係にはもっと注意が払われて然るべきかもしれない。

かつて亡き母が緑内障で病院通いをしていた頃、目の具合の悪さと待合室の固い椅子に長時間座ることの辛《つら》さとを考え合わせてその日通院するしないを決めていたのを思い出す。待ち時間の長さ（それ自体が問題であるが）を考えると、医療機関の待合室の椅子は健康の観点に十分配慮したものであって欲しい。さすがに、最近は、医療機関でも患者はお客様との認識が広まり、座り心地の良い椅子を備えるところが多いようだが、まだ昔ながらの固い椅子のところも皆無ではない。

椅子の具合が悪いために病気の悪化や余病の併発を招いたのでは、何のための医者通いかということになる。
　健康志向の高まりで、椅子に限らず枕や靴から下着に至るまで多くの日用品について健康との関係が問われるようになっている。結構なことである。もっとも、毎日お世話になるこれらの物について常に健康への影響を神経質に考えて暮らすというのも窮屈ではある。冗談に言う、「健康のためなら死んでも良い」。健康志向にも程の良さは必要と思われる。

（二〇一七年二月『時の法令』）

夫婦と同じ

昔、大臣秘書官（正式には秘書官事務取扱）を命じられ、慣れない鞄持ち稼業をやったことがある。自らも秘書官経験者であった上司から秘書官心得の訓示を受けた。「大臣と秘書官の関係は、一つのことを除いて夫婦と同じと心得よ」。若かった私は、「そんなご無体な」と尻込みする思いであった。

就任後数ヶ月で何となく感じが分かってきた。まず、人間として大臣を好きになれということのようだ。もちろん夫婦の好きとは違うが、人間同士だからこの情を欠くと上手くいかない。次に、仕事の上での軸足の置き具合。昔も今も政治家と官僚の発想は違う。秘書官が官僚の発想だけで大臣を説得しようなどとするとしくじる。官僚側の考えを説明する時も大臣の発想に則して言う努力がいる。これも常に相手の立場に立って考えるという良好な夫婦の関係に似ている……と偉そうなことが言える立派な秘書官ではなかったし、大臣からすれば、秘書官ごときが妻役とはおこがましいということになろう。しかし、時に怒られ役になったり、事務方への腹立ちを取りなしたりと、気分だけは良妻のつもりだった。

「一つのことを除いて」という際どい台詞《せりふ》のゆえか、この訓示を今も覚えている。のみならず、人間関係を夫婦に置き換える癖がついたようだ。嫌なことを言われた時に、「こいつと夫婦になるわけじゃないからいいや」と我慢する。指示を理解できない私に苛立《いらだ》つ上司を前に心の中で、「夫婦でもないのにそんな指示で分かれと言っても無理だ」と開き直る。そう言えば、「鰻《うなぎ》が好きで鰻と夫婦になりたいくらいのもんだ」という志ん生落語のくすぐりの文句にたまらなく可笑《おか》しさを感ずるのもその習性のなせるところか。

（二〇一六年十二月『時の法令』）

母子手帳

母子手帳（母子健康手帳）は日本が発祥の地。母親の妊娠・出産から子供の幼児期までの健康の状況が一冊に記録され、母と子の健康管理に威力を発揮してきた。戦後の乳幼児死亡率のめざましい改善にも貢献したという。海外においても、対外援助事業を通じて普及が図られた結果、日本起源の手帳が多くの国々で母子保健の有力なツールとなっている由である。

先日、母子手帳関係者が集うフォーラムに出席の機会を得た。手帳の記載内容の工夫や外国での普及活動の報告など熱心な協議が行われた。ケニアの母子手帳に関する専門家の報告は私にはいささか衝撃的であった。彼《か》の地の母子手帳の普及率は九十パーセントを超え、最近では、母子手帳を活用した電子カルテ・システムの開発、携帯電話やスマートフォン用のアプリの開発などが進められ、さらにＨＩＶの母子感染予防手段としても期待されているという。すでに国民の八割が携帯電話かスマートフォンを所持し、通信手段に加えて送金手段としても日常的に使用されているという下地があって可能になったのだそうだ。どうやら、個人情報保護の問題もあって歩みの遅い日本など先進国を尻目に、むしろアフリカや中東の途上国が急速に電子化を進めているようである。スマートフォンすら持たず専ら電話とメールの手段としてのガラケー使用にとどまっている私としては、世界の潮流から取り残された心持ちのする話であった。

戦時中の自分の母子手帳を後生大事に保存している知人がいる。手帳の表題に「國の寶《たから》」とある。二言目には「俺は、これこの通り国の宝として生まれた身だから」と自慢する。ふと思う。電子化されたカード式の母子手帳になった時、自らの手帳に果たしてここまでの愛着が湧くだろうか。アナログ頭は妙なところで時流に逆らうのである。

（二〇一七年六月『時の法令』）

ごみ法改正哀歌

書類かごから「護美箱百人一首〜撰者＝清掃納言」なる小冊子が出てきた。「ごみの島はあふれにけりないたずらに悩んでばかりで何もせぬ間に〜東京湾埋立処分場にて省みて詠める」から「ごみ法案やっと上がって眺むれば何とまあはや秋の夕暮れ〜成立までの苦闘を振り返って詠める」まで小倉百人一首の本歌取りもどき十数首。三十年近く前、廃棄物処理法改正に関係した折の私の作品だ。

法制定以来の抜本改正とあって随分苦労があった。特に自治省（当時）との法案協議は難航を極め何度も暗礁に乗り上げたが、ごみ問題は放置できないとの共通認識の下、ようやく事務レベルでは協議が整った。ところが、土壇場で吹田愰《ふきだ》自治大臣から強い異論が出たのである。ごみ問題に一家言を有する大臣は容易に納得されず、閣議決定直前で足踏み状態が続いた。すでに花の季節、職員は長期間の作業で疲労困憊《こんぱい》。徹夜明けの事務室は「閣議提出を強行して白黒を付けよう」と叫ぶ職員もいて暁の団交の様相を呈する。疲れた頭に浮かんだのが、「ごみ法に春の嵐の吹田さん激しかれとは祈らぬものを」という戯《ざ》れ歌。早速披露に及んだが、ささくれ立った職場の雰囲気を和らげるのには役立たなかった。

その後何とか了承が得られ、閣議決定・国会提出に漕ぎつけたものの、国会審議も順調には進まず、継続審議を経て成立は秋の臨時国会となる。その間、中心となって奮闘した課長が病に倒れる事態も生じた。成立後、彼を病床に見舞う。慰めになればと持参したのが冒頭の小冊子である。法案の成立を喜んだ彼も、「護美箱百人一首」にはあまり興味を示さなかった。仕事一筋で「惜しいかな洒落の分からぬ男にて」だったゆえか、こんな腰折れ歌では笑えなかったのか、逝《ゆ》いて久しい今となっては確かめようもない。当時の難行苦行をただ懐かしく思い出す。

（二〇一八年四月『時の法令』）

【後日記】

文中「課長」とあるのは荻島國男氏のことである。仕事に対する識見、姿勢、情熱、いずれにおいても傑出した人物であったが、病魔には勝てず、帰らぬ人となった。『病中閑話』と題した闘病中の手記が遺稿集として出版された。それを読めば、彼が決して「洒落の分からぬ男」などではないことが理解できる。となると、やはり私の「護美箱百人一首」の出来が悪かったのであろう。今なお彼を慕う多くの荻島ファンからお叱りを受けないよう付言しておく。

外国語退治

四十年以上前のこと、社会福祉関係の審議会開催中の話である。報告書の取りまとめを巡って侃々諤々《かんかんがくがく》の議論が続き、審議は袋小路に入った。突如、耳鼻咽喉科学界の大御所であった楓田琴次《さったきんじ》という委員が、「文章が気に入らない。二言目にはニード、ニードと、けしからん」と大声を発した。当時、福祉の分野にも次々と目新しい外国語が登場したが、「ニード」もその一つであった。日頃はお洒落な好々爺《こうこうや》然とした老先生の怒声に気まずい雰囲気が支配した。続いて言い放った。「外国語をやたらに使うのは日本語をスポイルするものである」。ややあって、してやったりという顔でにやり。一同、数秒置いて大爆笑。その後は議論も収束に向かい、報告書は無事まとまった。

さらに二十年を経て、当時の小泉純一郎厚生大臣の指示によって省内の文書の外国語退治が行われた。外国語を中学生でも分かる日本語に置き換える作業である。分かりやすく的確な訳語を見つけるのに担当者は苦労した。結果、「デイケア」、「ホームヘルパー」など一部の用語は、訳語がこなれていなかったせいか、外国語のまま定着してしまった。やはり、多くの人を対象とする文章にむやみに外国語を使うのは避けるべきだろう。パソコンの操作の説明などは外国語満載で閉口する。外国語の専門用語の解説がまた難解な外国語を連ねた説明で、操作方法は分からず終《じま》いといったことがよくある。

しかし、日本語にすると微妙に意味合いが変わるとか、外国語のままの方がかえって分かりやすい場合もあるだろうから難しいところではある。結局、外国語であれ、日本語であれ、常に他人に分かる表現を心がけるということに尽きるのかもしれない。


（二〇一四年四月『日本経済新聞』「あすへの話題」）

さらばＹＳ-11

新聞の報ずるところでは、唯一の国産旅客機ＹＳ-11が先般その役目を終えて姿を消したとか。新聞に掲載された機体の写真を見て二十六年前の事件を思い出した。

当時、私は厚生省（当時）から北海道庁水産部に出向していた。その日、網走方面に出張することとなり、千歳発女満別《めまんべつ》空港行きの航空機に搭乗した。「淡路」という愛称の付いたＹＳ-11型機である。その頃、道内各地へのローカル運航にはこのプロペラ機が多く使用されていたと記憶する。

当日はあいにくの大雨であった。状況次第では千歳に引き返すことあり得べしとの条件付き出航となった。千歳から北上し、大雪山系の上空を飛ぶ。雲が一面に垂れ籠め、機体は上下に揺れる。さして大きくない機体の上下動は、もともと乗り物に弱い私には気持ちの良いものではなかった。かくして飛ぶこと三、四十分。機内放送ではたびたび引き返す可能性について説明がなされる。往復でこんな気持ちの悪い思いをしなければならないのかと気を滅入らせていたところ、「雲が途切れましたので、予定通り女満別空港に着陸します」との機内放送。窓の外を見れば、なるほど厚い雲の切れ間に滑走路らしきものが見える。少しばかり不安は残るものの、乗客は機長の力強い言葉に一様にほっとした表情。

いつもの通り、「シートベルトを着用せよ」だの「椅子の背を元通りに」だのの指示の後、機体は滑走路に水しぶきを上げながら着陸した。停止の仕方が少し乱暴だなと思いつつ窓から外を見てびっくり。なんと、プロペラはぐにゃぐにゃ、両翼の下からは煙が立ち上るという有様。胴体着陸である。三、四人いた女性乗務員も真っ青。しかし、そこはさすがにプロである。乗客を落ち着かせると、早速、後部非常口からシューター（ゴム製の滑り台のような脱出装置）を出して避難させ始めた。ところが、これが難物。ある程度の高低差があってこそシューターは役に立つ。胴体着陸して機体が低くなっているのだから滑り降りることなどできない相談である。結局、ゴムマットの上をトランポリンよろしくピョコピョコ跳ねながら降りるはめになる。おそらくマニュアル通りの対応がなされた結果の不手際だったのだろう。たまたま非常口近くに乗っていた私は、そのトランポリン的滑り台を機側で押さえる役割を仰せつかってしまった。機体からは煙が出てお り、気が気ではなかったが、ここは男の子と踏み止まり、心許ない足取りで降りてくる乗客のために押さえ役を果たした。乗客が降りるや、「爆発の恐れがありますので、急いで機体から離れて下さい」の声。一同大慌てで駆け出す。赤ん坊連れの乗客もいたのだが、結果的には一人の怪我人もなく無事脱出。実害と言えば、少々雨に濡れたぐらいのものだった。

後になって分かったことだが、胴体着陸の原因は機械の故障かというとさにあらず。機長が雲の切れ間を狙って着陸することに全神経を集中するあまり車輪を出し忘れたという。あらためて腹を立てるやら、肝を冷やすやら。一方で、あの悪条件の下で相当緊張して着陸を敢行したであろう機長の心情を思いやって少し気の毒に思ったり、また、ほとんど衝撃もなく着陸させた技量に妙に感心したりもした。聞けば、機械が故障し覚悟の上で着陸する場合には、爆発を避けるためガソリンを全部撒きタンクを空っぽにして降りるとか。それが全く認識なしに胴体着陸したのだから、ガソリンはまだタンクに半分以上残っていたらしい。折からの大雨で滑走路がビショビショに濡れていたのが幸いし、発煙程度で大事に至らなかったとのことである。

　今となってはただ懐かしく思い出すだけの事件であるが、危機管理のあり方についても考えさせられる体験ではあった。事故や災害で、最初に非難の槍玉に上がるのは、阪神淡路大震災の場合に見るように、中枢の部署への現場の報告が遅れた事例だ。確かに迅速な報告も大事に違いない。しかし、より重要なのは、現場での的確な状況把握と臨機応変の対処である。胴体着陸に関して言えば、乗務員が、乗客の状況、爆発の危険性、機体と地面との落差などを素早く把握し、脱出手段の選択などにつき適切な対応を取ることが最優先ではあるまいか。もちろん、現場の対応限度を超える事態はあるだろうが、何はさておき一刻も早く本社に状況報告をというのでは本末転倒と言わねばなるまい。

　それはさておき、女満別空港事件には若干の後日談がある。

　出張を終えて札幌に帰った後、職場の人からこもごもにお見舞いの言葉を頂戴した。航空会社からも社長名で丁重な詫び状が届いた。ところがどこで話が食い違ったか、お詫びとして乗客にそれぞれ金一封が届いたという噂が職場に広まったのである。かくしてそのお金で薄野《すすきの》の縄のれんで生還祝いをやろうという話が出来上がってしまった。その実、届いたのは詫び状とおかきの詰め合わせ一箱であって金一封などではなかったのだが、まかり間違えば大事故になるところを無事帰還できたのだからまあめでたいかと思い直して、職場の仲間と一夜痛飲した次第。

　というわけで、日本のローカル線の名機と言われたＹＳ‐11には苦い思いと懐かしさの入り混じった複雑な感情を持っている。そのＹＳ‐11が引退するという。愛してやまなかった北の大地北海道、折からの二百海里問題に翻弄されつつそれなりに張り切って取り組んだ水産の仕事。私の良き時代がＹＳ‐11とともにまた遠くなっていくようで一抹の寂しさを覚える。

　なお、北海道では、過激派の道庁爆破事件にも巻き込まれた。この事件ではお二人の方が亡くなられ、私自身も耳に若干の後遺症が残ったこともあり、こちらは懐かしい話で片付ける気分にはなれない。

（二〇〇三年五月『大霞』初夏号）

貝毒から廃プラスチックまで

四十年以上前、北海道で水産行政に携わったことがある。ある年、噴火湾産のホタテに貝毒が発生し生産者に深刻な打撃を与えた。大規模な貝毒発生は初めての経験であり、十分な知見もない状況で対応に追われたことを覚えている。出荷停止の措置や検査体制の整備、生産者の当面の経済対策などとともに、急遽、原因究明と対策検討のための専門家会議を立ち上げた。押っ取り刀で駆けつけた北大教授の「まるで火事場で縄をなうようなものですな」という珍言に誰も気が付かないほど緊張した雰囲気の中で議論がなされた。その結果、毒は海中の有毒プランクトンを貝が摂食しそれが蓄積されたものであること、原因の一つとして過密養殖が考えられることなどが報告された。過密養殖はホタテの大量斃死《へいし》を招くなど以前から弊害が指摘され適正養殖の指導がなされてきたのだが、徹底しなかった。その結果が貝毒の大量発生という最悪の事態を招いたのである。「海は皆の共有財産だから大事にしよう」。まことにその通りだが、海を生産の場として利用する漁業においてさえ、「海は私個人の財産ではない。ゆえに大事に扱わなくてよい」となりがちである。

近年、廃プラスチックによる海洋汚染が深刻な問題となっている。今や北極海の海氷中にもプラスチック粒子が確認されるほどに拡散している由。海の生態系に重大な影響が生じ、人間の生活をも脅かす事態が心配されている。廃プラスチックによる汚染となると、プラスチックの生産や使用と海の汚染との因果関係が見えにくいだけに事は余計難しい。

しかし、海に限らず人類の共有財産とされるものを守ることの成否は、人々が因果関係の遠近にかかわらず必要な対応に我が事として取り組むかどうかにかかっている。

（二〇一九年七月『時の法令』）

歳旦祭

コートを羽織っていても足下《もと》からしんしんと冷えてくる。朝五時半、まだ辺りは暗闇である。前庭にはかがり火（庭燎《ていりょう》）が焚《た》かれ、その周辺はぼんやりと明るい。皇居の新年は、天皇陛下の四方拝とそれに続く歳旦祭で始まる。時刻、参列者は、提灯《ちょうちん》の明かりに導かれて幄舎《あくしゃ》に着床する。ややあって天皇陛下が賢所にお出ましになり、拝礼される。闇を通して、黄櫨染御袍《こうろぜんのごほう》という平安朝さながらの装束を召されたお姿を幽《かす》かに拝する。次いで皇霊殿、神殿と拝礼される間に、次第に東の空が白んでくる。皇居をねぐらにする鳥たちが起きだす気配も感じられる。天皇陛下に続いて、皇太子殿下が順次三殿に拝礼される。最後に我々参列者も庭上から拝礼して歳旦祭は終わる。

天皇陛下は、歳旦祭を始め宮中祭祀《さいし》を大変大事になされ、年間を通じてひたすら国民の幸せを祈られる。

拝礼を終えた参列者が控室に戻ってくると、鴨雑煮と温酒が饗される。冷えた体に温かい雑煮はご馳走である。雑煮のお餅は京都由来の丸餅。西日本育ちの私には腰のある丸餅は嬉しい。お正月だとしみじみ感ずる時である。

天皇皇后両陛下の三箇日《さんがにち》はことのほかお忙しい。元旦は四方拝に始まって各界からの祝賀などの行事が夕方まであり、二日は国民の一般参賀、三日は元始祭、と休みなく続く。他の職場と違い、職員の多くも元旦から出勤となる。

宮内庁を退職して二年目の正月。家でのんびり過ごすせいか、去年と今年の境目が不明瞭となり、年が改まったという感慨が薄れた気がする。寒気の中で新年の夜明けを迎える清々しい気分を懐かしく思い出す。


（二〇一四年一月『日本経済新聞』「あすへの話題」）

仮設住宅の冬

寒い日が続く。発災後三度目の冬となる東日本大震災の被災地の人々の厳しい生活を思う。宮内庁在勤中、天皇皇后両陛下に随行して何度か被災地を訪れた。

自然の脅威の凄まじさに圧倒され、被災者の悲しみ苦しみを目の当たりにした時の胸塞がる思いを今も忘れない。人々の身の上を案じられる両陛下のお心と、それに応えて何とか苦境に立ち向かおうとする人々の心とが響き合うような光景を幾度も目にした。お心を込めて見舞われる両陛下のお姿を拝して、これこそ陛下が常にそのあり方を自らに問いつつ実践してこられた象徴天皇の道だとあらためて思った。

宮内庁を退職した後のことになるが、一昨年の暮れ、御所での御夕餐に数名の者がお招きを頂いた。それぞれに、今冬は格別に寒いように感じることなどを申し上げたところ、陛下がまず仰せになったのは、この寒さが仮設住宅に住む被災者にはどんなにか辛《つら》かろうということであった。この時もまた、暑いにつけ寒いにつけ常に国民の身の上を思われるお心に胸を衝《つ》かれた。

大震災からの復興の道のりはまだまだ険しい。福島第一原発の事故による放射能の問題など先行きの不透明な難題も立ちはだかっている。皇后陛下は、昨年のお誕生日の記者質問へのご回答で、「大震災とその後の日々が、次第に過去として遠ざかっていく中、どこまでも被災した地域の人々に寄り添う気持ちを持ち続けなければと思っています」とお述べになっている。被災地が置かれている状況を思えば、私たち一人一人も被災地の人々を思う気持ちを風化させてはなるまい。

（二〇一四年一月『日本経済新聞』「あすへの話題」）

雅　楽

宮内庁には、この職場ならではの職種が多い。文化財の補修、陵墓の維持管理、調理や配膳、庭園の管理や盆栽の手入れ、馬の飼育訓練、鴨《かも》場の鷹匠《たかじょう》の技など、その多くは根気のいる地味な仕事だ。彼らのこの道一筋の職人技が皇室のご活動や伝統文化を支えている。

そうした職種の一つに雅楽を担当する楽師がある。雅楽は、日本古来の歌舞に大陸伝来の器楽と舞が融合してできた千数百年の歴史を有する古典音楽である。楽生として七年間修業を積み試験に合格して一人前の楽師となる。管、弦、鼓と種々の楽器を演奏し、舞を舞い、歌を歌う。一人で何役も担うのだから大変だ。

加えて、楽師は西洋音楽も担当する。天皇陛下ご主催の宮中午餐や晩餐の際には、楽師らを構成員とする楽団がクラシックの曲などを演奏する。行事の終了時に両陛下は当日の客人に楽師たちを丁寧に紹介なさる。心づくしの家族的なおもてなしという温かな雰囲気が漂う。

日頃何気なく使っている言葉の中に雅楽由来のものが多くあることをご存知だろうか。「一の句」、「二の舞」、「打ち合わせ」、「音頭」、「ろれつ」、「やたら」などなど。たとえば「やたら」。「八多良《やたら》拍子」という拍子は難しくて初めはなかなか上手く演奏できないところから、めちゃくちゃになることを「やたら」というようになった由。必ずしもポピュラーとは言えない雅楽がこのような形で日常生活の中にしっかりと根付いていることに驚く。自らの存在をことさらに言い立てるわけでもなく、長い時の経過のうちにさりげなく人々の生活に入り込み根を下ろす、伝統文化とはそうしたものなのかもしれない。

（二〇一四年四月『日本経済新聞』「あすへの話題」）

伝統文化を支える

某紙のコラムに、長良川の鵜飼《うかい》に欠かせない竹籠の話が載っていた。鵜を運ぶ「鵜籠」、鵜が鮎を吐き出す「吐き籠」を一手に製作していた竹職人の体調不良で製作が途絶え困惑していたところ、その技を継ぐ人が現れて鵜飼いを支障なく続けられることになった由である。長良川の鵜飼いは皇室が守り伝える伝統文化の一つである。毎年シーズンには外交団の鵜飼い接待の催しが開かれる。

宮内庁在勤中に肝心の鵜の供給が途絶えそうになるという事態があった。鵜飼いの鵜は海鵜が良しとされ、供給地は茨城県である。海に面した断崖の棚状の場所に羽を休めに来る海鵜を簾《すだれ》で囲んだ隠れ家から捕らえるのだが、これが台風で崩れてしまい再開のめどが立たなくなったのである。しかし、これも関係者の努力により復旧がかない、事なきを得た。

同じく皇室が伝える伝統文化である雅楽でもこれを陰で支える人や物の大切さを認識する事例があった。楽士たちから、篳篥《ひちりき》という楽器のリードの材料である葦《あし》の供給が危機に曝《さら》されているという訴えを受けた。篳篥のリードには、鵜殿《うどの》のヨシ原という淀川の河川敷に茂る葦が専ら使用されてきた。いろいろ研究したが、早春に野焼きをした後に生える彼《か》の地の葦が一番良い音が出るという。ところが、このヨシ原の上に高速道路を通す計画が立てられ、貴重な葦の植生が危うくなる恐れが出てきた。そこで道路当局に葦の確保のため特段の配慮を要請したのであった。

日本の貴重な伝統文化は、直接の担い手だけでなく、こうした目立たぬ脇役の働きによって辛《から》くも支えられているのである。それはおそらく日本に限ったことではあるまい。

（二〇一六年九月『時の法令』）

キンクロハジロ

この時期、皇居のお濠では北の国から渡ってきた様々な種類の鴨が泳ぎ回っている。馬場先濠などで多く見られるのはキンクロハジロである。小型の鴨の一種。

何とも愛くるしい。オスは黒と白の二色、メスは黒褐色である。眼の虹彩の部分が黄色い。後頭部に一房の冠羽が飛び出しているのがご愛嬌である。「これは寝癖だと思う」とコメントしている写真家がいたが、なるほどそうとも見える。円《つぶ》らな瞳の腕白小僧さながらに、人懐こく岸に寄ってきたり頭から水に潜ったりと、見ていて飽きない。

キンクロハジロが皇居のお濠の常連になったのは、比較的最近のことのようだ。最初にキンクロハジロが飛来した年には、昭和天皇が「見たい」と仰せになって、数羽が泳ぐ様をご覧になった由である。それが今やお濠の多数派になろうとしている。日本に飛来する鴨の種類も時とともに変化するという。鴨猟が行われる宮内庁の鴨場でも、近年、海棲息型の鴨が以前より多く渡ってくるようになったらしい。その結果、すぐ水に潜る習性の鴨が増えているとか。驚いて飛び立つところを叉手網《さであみ》で捕らえる鴨猟にとっては少しばかり頭が痛い。

皇居のお濠で屈託なさそうに遊泳するキンクロハジロだが、彼らも実のところ能天気に泳いでばかりはいられないのである。北に向かって長く厳しい旅に出る日も遠くはない。

そう思って見ると、単純に無邪気で可愛いというだけでなく、長い草鞋《わらじ》を履く宿命を背負うがゆえの、そこはかとない悲壮感を漂わせていると言ったら、思い込みが過ぎようか。

「春霞立つを見捨てて行く雁は　花無き里に住みやならへる」伊勢

（『古今和歌集』）

（二〇一四年二月『日本経済新聞』「あすへの話題」）

鯉の季節

宮内庁発表によると、天皇陛下の傘寿を記念して今年は春と秋に皇居乾《いぬい》通りが一般公開される。桜の時期の乾通り。ソメイヨシノ、里桜、紅シダレなどが妍《けん》を競い、間に植えられた柳や桂《かつら》の若葉の緑との対照も美しい。何本かの桜は大枝を濠に張り出し水面に花影を落としている。桜と石垣と水。構図、色合いとも見事というほかない。

ある年の桜の季節、昼休み恒例の散歩で乾通りを歩いていた時のことである。濠の水面に大きな渦ができているのを見つけた。目をこらすと、十数匹の真鯉《まごい》が固まりになって押し合いながらぐるぐる回っている。産卵期を迎えた一匹のメスを多数のオスが争っているらしい。大きな真鯉が揉み合う様は壮観だが、争いに勝利しない限り子孫を残せないオスの定めの切なさも伝わってくる。

鯉の名は「コヒ（恋）」から来ているという説があるそうだ。美女の心を捉えるために池に立派な鯉を飼ったところ甲斐あって妻に迎えることができたという。以来、恋の取り持ち役のこの魚をコヒと呼ぶようになったとか。私が目にしたのは、他人の恋の取り持ち役をひとまずおいて自らの恋の成就のために大奮闘する鯉だった。この時期、皇居の水辺では、冬の間一羽だけで所在なげに片足立ちしていた鷺《さぎ》もいつの間にか二羽、三羽と仲よく餌をついばんでいる。

花が咲き、若葉が芽吹き、鯉も鷺も恋の季節を迎える。春の風景は、恋する頃を遠く過ぎた身にも何かしら心の昂《たかぶ》りをもたらす。真鯉の渦巻きを見たその日は、気分の高揚に任せて、「ここに緋鯉が乱入したらどうなるか」「色鯉（恋）沙汰になる」などと思いついた駄洒落に一人悦に入りながら散歩を続けた。

（二〇一四年三月『日本経済新聞』「あすへの話題」）

試　情

宮内庁在勤中に出会った言葉あれこれ。「東宮大夫」、「式部職」など官職や組織の名称。「旬祭」、「御告文《おつげぶみ》」など宮中祭祀《さいし》や儀式の用語。「おひろい」、「御料」など御所言葉。いずれも皇室の長い歴史を感じさせる。皇室は、日本の伝統文化や伝統産業の維持継承にも大きな役割を果たしておられる。必ずしも皇室ならではの用語というわけではないが、こうした分野にも私が初めて耳にする言葉が多くあった。

宮内庁所蔵の絵巻物に関する学芸員の説明。「これはホケンやホサイ箇所のない初《うぶ》な状態の珍しい作品です」。私の理解の及ぶ範囲では、「ホケン」と言えば保険か保健。「ホサイ」に至っては全く不明。問い直して、「補絹」、「補彩」と知る。「初な」というのは、修繕や色の塗り直しのない状態を言うとか。厚生省（現厚生労働省）時代、財源問題を抱えて苦闘した保険や保健と違い、「補絹」しかも「初な」とくると、作品を愛しむ関係者の心情が伝わってくる気がする。もっとも、お金と時間をかけて苦労する作業という点では補絹も保険などと選ぶところはないのだが。

決裁が回ってきた書類から。御料牧場の公務災害についてである。「試情及び種付け作業実施中の事故」とある。馬の種付け作業中に蹴られた事案だった。命に別条がなくてほっとしたのだが、それはおいて、「試情」である。関係者にはごく普通の言葉のようだが、私にはこれまた新鮮に響いた。「試情」というのは雌馬の発情を確認する作業の由。説明してしまうと即物的になる。だが、「試情」というと、馬の恋路の手助けの感じで余韻が残る。皇室とともに長い歴史を刻む宮内庁。何気ない言葉でさえも悠久に遊ぶ趣がある。

（二〇一四年六月『日本経済新聞』「あすへの話題」）

象徴天皇の道

五月一日をもって御代が替わり、「平成」から「令和」の時代に入った。公務員生活最後の十一年間を天皇陛下のお側近くで勤務した者としては、ご在位の最後の日まで誠心誠意を貫かれた陛下のお歩みとそのご労苦を思い、畏敬の念を新たにする一方で、一つの時代が終わることにひとしおの寂しさを覚える。陛下は、これまでの人生をかけて象徴天皇の望ましいあり方を追求し続けられ、その信ずるところに従って、人々の傍らに立ちその喜び苦しみにお心を寄せてこられた。あらためてその道の決して平坦でなかったことを思う。

ひるがえって、我々国民は、憲法第一条に規定する象徴天皇のあり方についてどれだけ深く考えてきただろうか。国旗や富士山とは違う、言わば生身の方に象徴を託すことの意味は何か。国民が日本国の一員であることをそのご存在によって意識するというのが象徴の意義だとすれば、象徴天皇はどうあるのが望ましいのか。その地位が国民の総意に基づくとする憲法の趣旨に照らして、現在および将来の国民の信頼と共感を得る天皇のご活動はどうあるべきか。象徴の意味合いを真正面から検討するこうした議論は、意外に少ないように思う。天皇は雲の上のご存在であってこそ尊いといった超越論的な議論、さもなくば、天皇の政治的行為への懸念から「天皇は何をなしてはならないか」のみを論ずる半面的な議論が多いように思うのは私だけだろうか。新天皇陛下の象徴のあり方を求める果てしない旅がまた始まるこの機会に、我々も、象徴のあり方を様々な視点からもう一度考えてみるべきではなかろうか。

身の程知らずに、大上段に振りかぶって素人論を展開したようで気恥ずかしいが、象徴の道を一途に追い求めてこられた上皇陛下のお歩みを思うにつけ、これだけは言っておきたい気分に駆られるのである。

（二〇一九年五月『時の法令』）

九段坂今昔

私が勤務している昭和館は九段坂下にある。春の九段坂はことのほか華やぐ。大勢の若い男女が黒や濃紺のスーツあるいは振袖《ふりそで》に袴《はかま》という出で立ちで、笑いさざめきながらこの坂を上っていく。日本武道館で行われる卒業式、入学式、入社式に集う若者たちである。春は桜の季節。多くの花見客もこの坂を上へ下へと散策する。

一年を通じて、九段坂には日本武道館で行われる催しに参加する人々の流れが絶えない。屈強な若者たちの往来によって武道の大会が行われていることを知る。コスプレもどきの服装の乙女の集団に出会うと、ああ何かライブをやっているのだなと思う。

九段坂は言わずと知れた靖国神社に通ずる坂である。今も一年中多くの参拝者がこの坂を上っていく。また、全国戦没者追悼式や千鳥ヶ淵戦没者墓苑の拝礼式の時などは参列者の多くがこの坂を行き交う。

「逢いに来たぞや九段坂」（「九段の母」）と歌われている通り、戦没兵士の母が靖国神社の大鳥居を目指して上った九段坂。出征を前にした兵士たちも上った九段坂。その九段坂を今若者たちが明るい声を響かせながら上っていく。この平和な風景を大事にしなければとあらためて思う。

先頃ＮＨＫの番組の中で、日本傷痍軍人会の解散について会員の一人が、「解散は新たな傷痍軍人が出なかったゆえで名誉ある撤退である。今後も私たちのような体験をする人が出ないよう願う」といった趣旨を述べていた。後の世代への平和のメッセージに粛然たる思いがした。戦争による国民生活の苦しみ悲しみを後世に伝えることを使命とする昭和館が、若者の往来繁《しげ》き九段坂の一角にあることの意味を考える。

（二〇一四年四月『日本経済新聞』「あすへの話題」）

『暮しの手帖』が世に出た頃

『暮しの手帖』の創刊者＝大橋鎭子をモデルにした朝の連続ドラマ『とと姉ちゃん』が放映されている。先頃、勤務先の昭和館で創刊号『美しい暮しの手帖』を読む機会があった。表紙の裏に次のような文が書かれている。「いろいろのことがここには書きつけてある　この中のどれかせめて一つ二つはすぐ今日あなたの暮しに役立ち　せめてどれかもう一つ二つは（……）やがてこころの底ふかく沈んでいつかあなたの暮し方を変えてしまう」。ページをめくると、なるほど「自分で作れるアクセサリ」、「ちょっとした暮しの工夫」などすぐに生活に役立ちそうな記事、そして、著名な作家や文化人の筆になる心にしみる身辺雑記風のエッセイや短篇小説が満載である。

この本が創刊された昭和二十三年と言えば、「あとがき」に「生きてゆくのが命がけの明け暮れが続いています。せめて、その日々にかすかな灯をともすことができたら」とあるように、国民の多くは苦難に満ちた生活を余儀なくされていた。しかし、この本から浮かび上がるのは、精一杯工夫することで限られた材料を日々の生活に活かす喜び、身の回りの観察から得られるささやかな幸福など、いじらしいまでに健気で、つましくともそれなりに夢のある生活である。

物質的には当時想像もできなかったほどに豊かになった今、あの頃よりも数段幸せになっただろうか。これが、「こころの底ふかく沈んでいつかあなたの暮し方を変えてしまう」と書いた時に想定した望ましい暮らしの姿だったろうか。ある作家は今の時代を「何でもある。希望だけがない」と描いた。思うて詮なきことと分かりつつ、何もないが希望だけはあった時代をちょっぴり懐かしむ。

（二〇一六年六月『時の法令』）

昭和時代

昭和館では、毎年「昭和館高校生ポスターコンクール」と銘打って昭和の国民生活をテーマとしたポスターを募集している。その都度、二百枚を超える応募がある。毎度、高校生の絵の達者なのには舌を巻くのであるが、もう一つ、絵の巧拙に関係なく、おやっと思うことがある。それは、応募作品の圧倒的多数が昭和三十年代をイメージする図柄だという事実である。

今年は、すでに戦後七十年。今の高校生にとって、実体験として知らないという点では、戦前や戦争直後の生活も昭和三十年代の生活も違わぬはずだが、彼らにとって、「昭和」とは昭和三十年代なのである。なかでも、下町の路地、オート三輪、東京タワー、白黒テレビ、かいがいしく働く母親などを取り込んだものが目立つ。そう、映画『Always 三丁目の夕日』に出てくる風景である。映画がヒットして続編、続々編まで出たところから見ると、実体験のあるなしにかかわらず、多くの国民が「昭和」というと思い出す典型的な風景は、昭和三十年代のそれなのかもしれない。貧しいながらも、今日より明日は良くなると素直に信じることのできた古き良き時代である。

戦中戦後の国民生活の苦労を後世に伝えることを使命とする昭和館の館長としては、毎年、応募作品の図柄が昭和三十年代に偏《かたよ》っていることにいささか戸惑いつつ審査に当たっている。しかし、かく言う私自身にとっても、中学入学から大学卒業までの期間に当たる昭和三十年代は、様々悩みを抱えつつも進歩ということに何の疑念も持たなかった頃、……ある意味幸せの絶頂期であったように思う。

（二〇一五年八月『時の法令』）

歴史に学ぶ

先の大戦から七十一年の歳月が流れた。「満州事変に始まるこの戦争の歴史を十分に学び、今後の日本のあり方を考えていくことが、今、極めて大切なことだと思っています」。天皇陛下が戦後七十年に当たる平成二十七年新年のご感想でお述べになったお言葉である。陛下は、かねてから、時の経過につれ戦争の記憶が風化していくことを大変心配されている。

戦中戦後の国民生活の苦しみ悲しみを後世に伝えることを使命とする展示施設＝昭和館を訪れる人の多数は、戦後生まれ、分けても、もはや戦後ではないと言われた昭和三十年代以降の人である。そうした戦争の時代を体験したことのない人に戦争の悲惨さや戦中戦後の生活の実情を認識してもらうのは容易ではない。アンケートでは、展示や映像資料などを見て戦争を二度としてはいけないことや平和が何物にも代え難いことがよく分かったという趣旨の答えが多く寄せられる。しかし、同伴の先生や説明員の教えるままに書いたと思われるものもあり、どの程度自らの思想になっているのかいささか心許ない気がしている。

体験していない戦争の悲惨さを実感するなどは所詮無理であり、時の経過とともに風化していくことは避け難いとの冷めた見方もある。しかし、そうは考えたくない。昭和館発行の『昭和のくらし研究』第十四号に寄稿していただいた鈴木淳東大文学部教授の論文の中に、「自ら経験しないことを学び取ることができないとしたらわれわれは歴史をもっていないことになるであろう」という文章がある。この言葉を噛みしめつつ、若い世代にも思いが伝わるよう、展示内容や説明ぶりに日々工夫を重ねている。

（二〇一六年八月『時の法令』）

禁じられた音楽

昭和館では、七月初めから「禁じられた音楽〜自由に楽しむことができなかった時代」と題して、戦時中「敵性音楽」として発売を禁じられたレコード盤などを紹介している。たとえば「アロハ・オエ」や「峠の我が家」といった音楽が国民の士気にかかわり健全な娯楽の発展を妨げるとの理由で禁じられた。『昭和天皇実録』の昭和十七年一月の記述に、欧米の名曲演奏が禁止されるという新聞記事を読まれた陛下が東条英機首相に真偽のほどを確かめられたのに対し、そのような小乗的措置を講ずるつもりはない旨を答えたとある。だが、東条の大見得切った奉答にもかかわらず、一年後の昭和十八年一月には、情報局と内務省から一千曲余りの米英音楽の演奏や発売の禁止が通達されたのである。

音楽に限らず、米英映画の上演禁止、英語の排斥、果ては、時局にふさわしくないとして封印された禁演落語まで出現した。大乗的見地から見た先の大戦の評価・検証の論議はおくとしても、言語、音楽、芸能に関してなされたことは小乗的対応の極みと言わねばなるまい。

昔、ワシントン靴店の社長から聞いた話。敵国の初代大統領の名を冠した店名を憚《はばか》って開戦時に「東條靴店」と改めたが、敗戦によって東条の名が怨嗟《えんさ》の的になったため再び「ワシントン靴店」に戻したという（戦時中の店名変更について東条人気にあやかったものとの誤解があるが、もともと店の創業者の名が「東條」なのだそうだ）。

しかし、こうした対応は、政府や軍の強制によるものだけでなく、世論の高まりに乗じた自主的な相互監視運動として実施されたものも多かった。戦争を語る時、庶民が被った悲しみや苦しみの記憶とともに、戦時下では庶民自身が誤った熱情に支配されてしまうという怖さも忘れてはならないと思う。

（二〇一八年七月『時の法令』）

伝単

「伝単《でんたん》」。敵の戦意を殺《そ》ぐためあるいは兵士に投降を促すために撒く謀略宣伝ビラのことである。一八七一年、パリコミューンの市民蜂起鎮圧に当たり仏政府軍が気球から撒いたのが始めだという。先の大戦でも日米両軍が大量に製造し撒布した。特に、戦争末期には日本上空からおびただしい数の米軍伝単が撒かれた。当局は、拾っても紙面を見ずに届けるよう命じたが、密かに持ち帰った者も多かったようだ。昭和館では、戦中における国民生活の一端をうかがう資料として相当数の米軍伝単を所蔵している。戦略上の効果や受け取った側の反応などの観点から伝単を研究するのは意味あることと思うが、単なる読み物やイラストとして眺めてもなかなか興味深い。

日本軍の伝単には、敵兵の情や欲に訴えて厭戦気分にさせることを意図したビラが多く見られる。中には女性のもだえる姿を配した煽情的な物もある。制作に際し米国人気質に詳しい専門家の知恵も借りたという。一方、米軍の伝単は、日本本土に撒かれた物を見る限り、軍閥を排し自由を享受すべしとトルーマン大統領の写真入りで訴えるビラや、十円札の裏に戦前十円で買えた物と今買える物の例を挙げ戦争による経済の疲弊を指摘するビラなど、概して生真面目である。日米両軍が敵側の国民性をどう認識していたかがうかがえて面白い。

日本軍の伝単制作の秘密本部は、一時期、九段下の某ビルの中にあった。調べてみるとこのビルは昭和館の通りを隔てた真向こうにあったらしい。日本軍の伝単を作る館と米軍の伝単を見せる館が、通りの両側に時を隔てて対峙したわけで、因縁めいたものを感じた。ちなみに、このビル、高級マンションの走りでもあって、後に樺太国境を越えてソ連に亡命した世に言う「雪の逃避行」の岡田嘉子と演出家＝杉本良吉の愛の巣ともなり、同時期にソ連の女スパイ＝アイノ・クーシネンが身分を隠して住んでいたともいう。何やら伏魔殿のようでもある。

（二〇一九年二月『時の法令』）

第三章　身辺の由なしごと ～遊びをせんとや

平成が終わった。ひたすら平和を願われた先の天皇陛下のご姿勢を思うと、近現代の四つの元号の中で唯一日本が直接参戦することのなかった平成の時代の歩みを将来にわたって大事にしたいとあらためて思う。一方で、こうも思う。ベルリンの壁の崩壊とともに民主主義の輝かしい未来が約束されているかのようなスタートを切った平成の時代であったが、それが終わろうとする今、内外にわたって事態は複雑怪奇の度を増し、我々が信奉してきた民主主義というのは何だったのかという根源的な問いを突きつけられるに至っている。もう一度長い人類の歴史の流れの中で現在を捉え直し、その上に立って未来を展望していくことが求められているのかもしれない。

といった課題について大真面目な考察を披露しようなどと身の程知らずに考えているわけではない。そうした大状況の話はさておいて身辺の由なしごとや道楽の話である。

常勤の仕事を退いて七年が経過した。今のところ、幸い「濡れ落ち葉」とも「ワシも族」とも無縁である。「亭主元気で留守が良い」と妻から疎《うと》まれることからも免れている。農作業を始め、あれもやりたいこれもやりたい状態にあることのおかげである。時間に余裕があれば、近所に借りた五十坪余りの畑に赴いて汗を流しているし、七味唐辛子、椿油の製造などにも挑戦している。還暦を過ぎた辺りから、人気の落語家の高座を聴きに出かけるようにもなった。「また出かけるの」、「夕食に間に合うように帰って下さい」、「あまり変な物を拾ってこないで」などと言われることはあっても、「家でごろごろしていないで、どこか出かけたら」と言われたことはついぞない。

現役の頃から人に優れて仕事熱心だったとか使命感に燃えていたなどと自らを

評する自信はないが、仕事以外で、興に任せて、見たり聞いたり、作ったり、食べたりすることには人並み以上に関心があった。喜寿を迎える今も、世のため人のためには何にも役立たなくても、とにもかくにもやりたいことがいろいろあって、退屈しないというのはありがたい。忙しくて老い先短いことなんか考えていられないというところである。

以下、若い頃から今までのこうした能天気な振る舞いや身辺に起こった些細な事柄でちょっと面白いと思ったことなどについて、書き散らしたことどもをご披露に及ぶ次第である。

だぼ鯊か食わず嫌いか

友人二人と小料理屋で飲んだ時のこと。珍味の類に目がない友人が、品書きに「くさやの干物」とあるのを見て、歓声を上げ、「ぜひ注文しよう」と言う。私にももちろん否はない。くさやでなければ夜も日も明けぬというほど惚れ込んでいるわけではないが、鼻を突く臭いの中に玄妙なる底味があるこの食物が嫌いではない。ところがもう一人の友人は、「食べたことはないが、魚を腐らせて干したような物と聞く。とても駄目だ」と言う。

食物に関しては、世の中には二種類の人間がいる。食したことのない物に出会うと、俄然闘志を燃やし「ぜひとも食いたい＝絶対美味《うま》いはずだ」と発想する人と、「馴染みのない物は食いたくない＝たぶん不味《まず》いはずだ」と発想する人である。どちらが正しくてどちらが間違っているなどと言える話ではない。しかし、食の楽しみを広げることができるのは明らかに前者である。大げさに言えば、気の持ち方で自らの世界を広げもし、狭くもするのである。

食物以外でも、「見たことがないから見たい」に対し「失望するはめになるのは嫌だから見たくない」、「やったことがないから挑戦したい」に対し「未経験なことをやるのは億劫だ」など両極の反応があり得る。

これもどちらが良いか一概には言えないが、楽しく世を送るという観点からは、すぐに食いつく「だぼ鯊《はぜ》的反応」の方が得をすることが多いと思うがどうだろう。仕事への取り組みにおいても、昔から「向こう傷は罰せず」と言って、積極的行動の方を評価するようである（もっとも、やみくもな行動は「猪突猛進」と蔑まれもするが）。

二〇〇〇年の幕開け。厳しい情勢は続く。だぼ鯊的に振る舞えば釣り上げられて一巻の終わりとなるのが落ちかも知れない。それでも「食わず嫌い組」より「だぼ鯊組《くみ》」に与したい。今はそんな気分である。


（二〇〇〇年一月『国保新聞』「晴雨計」）

聖母マリアのキウイ

キウイという植物は、放っておくと際限なく蔓《つる》が伸びていく。狭い我が家の庭では、こまめに刈り込んで一定面積以上に拡がらないようにするしかない。キウイにとってはまことに気の毒な状態で、外に伸びられない分内に向かい蔓が互いに絡み合って盤根錯節《ばんこんさくせつ》、熱帯のジャングルもかくやはという様相を呈する。

さて、この我が家のキウイだが、すでに植えて十年以上になる。キウイは、実を収穫するために雄木と雌木の両方を植える。当然、雄花と雌花が咲く。初めの頃は我が家でも時期を同じうして両者が咲き揃い、昆虫の手助け宜《よろ》しきを得て秋には相当数の実がなった。その後も、雌木は順調に育って幹の周りも十五センチメートル近くなり、花もしっかりつけた。一方、雄木は生育が悪く胴回りは雌木より五センチメートルも細い。花の付きも良くない。我が家の雄の一人としては、この雄木が何やら不憫で、肥料を多めにやったりするのだが、効果がない。

かくするうちに雄木は全く花をつけなくなってしまった。これでは「サマちゃんが通わにゃ仇《あだ》の花」（「炭坑節」）で、結実は望めない。そこで、近所の庭に咲いているキウイの雄花を頂戴してきて、我が家の雌花に人工授粉してやること二度、三度。その甲斐あって、秋には数こそ少ないものの立派なキウイの実を収穫できた。これを「不倫のキウイ」と名付けて甘酸っぱい禁断の恋の味を家族中で味わった。

この努力を翌年も続けたが、面倒臭くなってその次の年には仲人役を放棄した。「これで今秋の結実は望めないな」とあきらめていたところ、なんと、その秋もほんの数個だが実がちゃんとなったではないか。我が家では、これを「聖母マリアのキウイ」と名付けた。十一月下旬に収穫し熟成の後、厳《おごそ》かな気持ちで食したのであった。ことのほかその実は美味であった、……ような気がした。

その後も、雄花は何年かに一度しか咲かない。でも雌木姫は「男はなくても子はできる」を実証し続けている。いささか複雑な思いである。


（一九九五年三月）


【後日記1】

何年か前、転宅を機に、キウイを山の畑に移植した。幸い雄木・雌木とも活着して新しい芽を出した。長らく窮屈な思いをさせたので広い場所でのびのびと夫婦水入らずの生活を楽しんでほしいと願ったのだった。

ところが事態は暗転。高地のゆえか、冬の寒さのゆえか、数年を経ずしてキウイは枯れてしまった。可哀想なことをした。ついでながら、枯死したのも雄木が先で一年後に雌木も後を追った。


【後日記2】

皇居の道灌濠で雌だけで子孫を増やすキンブナが発見されたという。ここまでいくと何か不気味なものを感ずる。やがて男不要の世の中が来るのか。

寄せ箸

食事の際、妻から毎度お小言を頂戴している。食事中に卓上の食器を箸で手元に引き寄せる、いわゆる「寄せ箸」である。その都度、不作法だと注意されるのだが、つい忘れてやってしまう。年を取って無精になったせいかもしれない。しかし、やや深層心理学めいた考察をすると、もう一つ思い当たることがある。

四十年以上前、小学生の家庭教師をしていた頃の話である。その家では、教え終わるといつも夕食が振る舞われた。子供の父親たるその家の主人と一緒の食卓で、夫人の給仕を受けながら食べるのであった。なぜかかる次第になったかと言えば、その家の主人という人が私の所属する運動部の怖いコーチで、食事の間を利用して、日頃の練習ぶりなどにつきあれこれ教育的指導をしようということなのである。私が怒られている食卓には、しばしば教え子も同席したので、家庭教師の権威を損なうこと甚だしい。

この人が大変な亭主関白で、夫人を始め家人一同ひれ伏してお仕えするといった感じであった。この人が寄せ箸の常習者なのだが、恐れ多くも彼に向かって不作法を注意しようという人はいない。あまつさえ、箸で豪快に皿や碗を引き寄せる様は自信にあふれ、「作法に適《かな》うかどうかなど瑣末なことだ」という感じにさせるのであった。かくて、寄せ箸が権威あるものの象徴として私の脳裏にしっかり刷り込まれた。

昔は私に頼りきりだった妻が近頃頓《とみ》に強くなったと感ずるにつけ、私の心の奥に亭主の権威を取り戻したいという密かな思いが芽生えたとしても不思議はない。つまり、権威の象徴としての寄せ箸の記憶が私に問題行動を取らせるのだと言ったら、また、妻がこうも寄せ箸にこだわるのも亭主関白志向の危険な匂いを嗅ぎ取っているからだと言ったら、こじつけと笑われるのだろうか。

ついでに調べてみると、箸の使い方に関する和食のマナーのうるさいことに驚く。「嫌い箸」と総括するそうだが、三十以上もの禁忌事項がある。「舐《ねぶ》り箸」だの「涙箸」だのが不作法かつ不衛生であることは分かるが、「突き箸」や「迷い箸」などはそう目くじら立てなくてもと思わぬでもない。

私の所業が一向に改まらないのに業を煮やした妻は、ついに「どうしても箸で遠くの皿を引き寄せたいのならどうぞ全部の皿を食卓の端っこに置いて心置きなく寄せ箸をなさい。ただし、私が死んでからにして下さい。私の目の黒いうちは絶対やめていただきます」と最後通牒を突きつけてきた。私も負けじと「僕が死んだら、仏前へのお供えは、箸だけ位牌の側に置いてご飯や他の供物はできるだけ離してくれ」と言い返すが、どうにも分が悪い。箸使いも亭主関白も思うに任せぬことである。

（二〇〇七年十一月）

極楽浄土の花

皇居の本丸と西の丸を隔てる四百メートルほどの濠は、蓮池と呼ばれている。その名の通り、季節には大輪の蓮の花が一面に咲いて見事である。天女の羽衣を思わせる淡紅色の花弁。四方に漂う甘い香り。恋に胸ときめかす頃を遠く過ぎた私のような者でさえ、この時期蓮池の畔《ほとり》を散歩すると心が浮き立つ。端正かつ妖艶。極楽浄土の花にしてはいささか色気があり過ぎるようにも思う。

別名「はちす」。花の後に蜂の巣に似た花托が残り、中に蜂の子のように実が並ぶ。蓮の実は食用になるという。こう聞けば、山家育ちの常で、食える物なら食わねばならぬと義務感めいた思いに駆られる。早速、生食から炊き込みご飯まででひと通り試す。正直、さして美味《うま》くはないが、初めて食ったというだけでまずは満足。

春には蓮の栽培に挑む。蓮の実を水に浸して発芽を待つのだが、一向にその気配がない。発芽を促すべく固い殻をやすりで削ったり割ったりと詮ない努力。大《おお》賀《が》蓮のように大昔の地層から発掘された実でさえ立派に花を咲かすというのに、なぜ私にはかくもつれないのか。

という次第で、蓮の花咲く極楽浄土を我が庭にとの願いはいまだ叶《かな》えられずにいる。この花、極楽浄土ではともかく、俗世では咲き場所を選り好みするようだ。

（二〇〇六年九月『ＭＯＳＴＬＹ　ＣＬＡＳＳＩＣ』「花物語」）

今年六十のお爺さん

十年前、母を近所の医院に連れて行った時のこと。受付の若い女性に当時八十三歳の母の夫と勘違いされ、還暦を過ぎたばかりの私にそれはあんまりだと大いに腐った。童謡「船頭さん」には、「村の渡しの船頭さんは今年六十のお爺さん」とある。若い人にとっては、六十歳を超えれば等し並みにお爺さんであって、その後の少々の歳の差などには無頓着なのかもしれない。

さりながら「船頭さん」が作られたのは昭和十六年である。当時の平均寿命は五十歳に満たなかったのだから六十歳は紛《まご》う方なきお爺さん。人生八十年の今日と概念が違って当然である。

明治の元勲＝井上馨が還暦の時に作った狂歌、「今日よりは元の赤子に還《かえ》りけり皆ちゃん御免駄々を言うても」。還暦を迎えた私は、気力体力の衰えを嘆いたり、赤子の昔に戻って駄々をこねようかと思ったりという心境には遠かった。それは十年を経た今もさして変わらない。

超高齢社会を迎え、避けて通れない課題として社会保障改革が盛んに論議されている。現役世代三人で六十五歳以上の老人一人を支えているのが、やがて一人で一人を支える、いわゆる肩車の時代が来ると言われる。社会保障のみならず経済社会全体の将来にとっても容易ならざる事態である。しかし、支えられる老人の定義も支える現役世代の定義も不変ではない。時代の変化に応じて変わってしかるべきもの。かつては老人とみなされていた人たちが現役世代として社会保障の支え手に変わっていくということがあって良いだろう。昔のお爺さん年齢に達して久しい七十二歳も、なろうことなら老人の名称を返上してもうひと踏ん張りと気炎を上げるのである。

（二〇一四年五月『日本経済新聞』「あすへの話題」）

「あれ」の変遷

若い頃から「あれ」を連発してきた。中年の頃までは、気が急《せ》くために「あれ」

で済ましてしまう「あれ」であった。席に戻るなり「あれを至急あれして」といった指示を出すと、心得た部下は委細承知で私の思惑通り「あれ」を「あれ」してくれる。時には、自分でも先刻何であるかを分かりつつ意識的に「あれ」を使うこともあった。たとえば、あからさまに言えば「あまりに愚劣だ」となるところを、「あまりにあれだ」と和らげる。さらに、答えに窮した時に「いろいろあれする必要がありますので」などと訳の分からぬ「あれ」で凌ぐこともあった。煙に巻いてしまいたいという心理が働いているのだろう。そんな心底を見透かされて、「あれあれ詐欺」と揶揄《やゆ》されることにもなる。

というわけで、かつては本来の言葉に置き換え可能な「あれ」であった。ところが高齢者の仲間入りをした今、何であるかがついに出てこぬままという場合が多くなった。色も形も明確に浮かぶのに名前だけが出てこない。頭の中で五十音順に辿っていくと思い出すこともあるが、年を逐うて成功率は低くなっていく。昔は「ゆっくり話せば出てくるけど忙しくて悠長に話してなんかいられるかい」と啖呵《たんか》が切れる「あれ」だったのが、今やいつまで待っても出てこない「あれ」になってきた。かりそめの「あれ」から掛値なしの「あれ」へである。

加齢に伴う諸能力の衰えの先行指標が「あれ」の多用だろうか。「あれ」が何を指すかを忘れ、やがて心配事のあれこれを忘れ、ついには世事へのこだわりを忘れる。かくして、この世の喜怒哀楽の多くを「あれ」の世界に移して、心穏やかに晩年を迎えるように出来ているのかもしれない。

（二〇一四年六月『日本経済新聞』「あすへの話題」）

火箸風鈴

鬱陶《うっとう》しい梅雨が明ければ照りつける夏。そろそろ猛暑が気になる頃である。我が国では昔から多くの人々が涼感を音に求めてきた。川のせせらぎの音、水琴窟の残響音、遠くに聞こえる金魚売りの声。過ごし難い真夏の暑さを和らげるのに音は大いに貢献してきたように思う。「閑《しずか》さや岩にしみ入る蟬《せみ》の声」。うるさいだけの蟬の声さえも、状況と心の持ちようで閑かさのみならず涼しさをも感ずるようすがとなると言ったら勝手な解釈に過ぎようか。

音で涼しさを感ずるとなれば、やはり風鈴の音に止《とど》めを刺す。畳に寝転がって、幽《かす》かなその音に耳を澄ましていると、自《おの》ずと汗が引く思いがする。我が家では、毎夏、火箸風鈴を軒に出す。糸で吊るした鉄の火箸四本の間に歯車のような錘《おもり》をぶら下げ、それに短冊を付けただけの仕掛けである。短冊に風を受けて錘が周りの火箸に当たり、チーンと澄んだ音を出す。甲冑《かっちゅう》職人の技を今に伝える姫路の名産だ。か細い音ながらよく通り、涼風を感じさせる。江戸風鈴などの見た目にも涼しげなのと違って、姿形はまことに武骨。古道具屋から買ってきた火箸に廃物利用の時計の歯車を付けたような感じである。そんな装置から妙なる音が生ずるのだから神秘的ですらある。ヒマラヤ山中で恐ろしき羅刹《らせつ》の口から発せられる半《はん》偈《げ》の清らかな声音に感極まった釈尊もかくやはの気分だ。

暑ければクーラーという今の生活が、聴覚や視覚の助けを借りて夏の暑さに耐えた頃よりも幸せと言えるか、にわかには判断できない。ともあれ、便利さと快適さ第一の生活でも、暑さの中に音を楽しむ心のゆとりだけは持ち続けたいものと思う。

（二〇一四年六月『日本経済新聞』「あすへの話題」）

鹿の災難

八ヶ岳山麓に通って農作業を楽しんでいる。土地が肥えているせいか作物はよく育つ。採れたての野菜を自慢話付きで妻に手渡す時は、いっぱしのお百姓の気分である。

というわけで、私のにわか農業人としての歩みは順風満帆のはずだったのだが、思いもかけず頓挫をきたすことになる。収穫直前のジャガイモが全滅するという事態が起こった。猪の仕業だ。敵ながら天晴《あっぱ》れな荒らしぶり。器用に鼻で土を掘り起こし食べ尽くしている。他の作物も次々とやられてしまった。猪や鹿によるこの地方の被害は深刻で、万策尽きて野菜作りをあきらめる農家も出るほどだという。防衛策としては、通電した鉄線を畑の周囲に張り巡らせる方法があるが、費用がかかり過ぎて私のような超零細農業には向かない。地元でよく使われているのがネットを張って害獣の侵入を防ぐという方法である。しかし、これも頑丈な支柱を立てて畑の周囲に隈《くま》なくネットを張るとなると大ごとだ。そこで、囲う耕作地を縮小し、支柱も園芸用のポールで間に合わせることにする。もとよりこの程度の防衛策では彼らが本気になればひとたまりもない。私としては、彼らの警戒心と良心（?）に期待したのである。

常勤の職を退き時間に余裕のできた一昨年七月、久しぶりに山の畑に出かけた。爽やかな夏の風が吹きわたっているはずの我が畑の周辺は異様な臭気が充満している。見ると、体長一・五メートルもある牡鹿が死んでいるではないか。すでに腐敗が進行し、無数のウジ虫が這い出している。春に生え変わった立派な袋角にネットが複雑に絡まっている。散々もがいた挙句に悶絶死したと見える。恨み晴らさでおくべきかとばかりにかっと見開いた瞳が空を睨んでいる。こんな残酷な事態は想像もしなかった。あまりのことに声もない。

ひどい悪臭を放置するわけにもいかず、また、意図せざることとはいえ許可なく野生生物を殺生した以上お咎《とが》めがあるやもしれぬ。地元の市役所に名乗り出て、落語「鹿政談」の豆腐屋よろしくお沙汰を仰ぐこととする。「大変でしたなあ。公の場で死んだのなら市で処理しますが、私有地の場合はそちらで始末してもらうしかないですね」という市役所の担当者ののどかな答え。「甚だ不届きにつき重き刑に処す」などの話は一切なし。お咎めなしはありがたいが、死骸の処理は手に余る。先刻の殊勝さはどこへやら、「軒先のスズメバチの巣の除去に電話一本で飛んで来る市役所もあるのに」と手前勝手な考えも浮かび、「何とかなりませんか」と食い下がる。「猟友会の人を紹介しますから相談してみては」との助言があり、その日の夕方、猟友会の人がわざわざ出向いてくれた。

彼、腐乱死体を前に、「鹿の死骸がそのまま残っているのは珍しい。普通は猪がきれいに始末してくれるのですがね」とこともなげに言う。「掘った穴に死骸を入れてざっと土をかけておけばそのうち猪が片付けてくれますよ」との話。こう腐乱していてはいかな悪食の猪といえども敬遠するのではないかと私は半信半疑である。しかし、他に打つ手もないので、夕闇迫る中、悪臭に耐えて掘ること二時間。日もとっぷり暮れた頃、何とか死骸が入る穴が完成した。いやはや、退職後の初仕事が墓掘り作業とは。暗い中、鹿の足を引っ張って穴に落とし込む。角の半分が収まり切らなかったものの何とか埋葬は終わった。突き出た角を墓標に見立て亡鹿の冥福を祈る。

一ヶ月を経て臭気も収まった頃合に性懲りもなく野菜の苗を携えて山の畑に赴

いた。そこで目にした光景は、予想したこととはいえやはり衝撃的なものだった。鹿の埋葬場所は掘り返され、放置された船のキールと肋材のように骨格が無気味に夏の陽に晒《さら》されている。居合わせた地元在住の友人は、一片の肉も残らぬ肋骨を見て、「猪もスペアリブには目がないと見えますな」と妙なことに感心する。再度埋葬。土饅頭を前に祟《たた》りを恐れる気持ちも働いて、供養のためリンゴの木を植えることにする。樹木葬である。これで成仏してくれるだろうと、春にはリンゴの清楚な花が咲き、秋にはたわわに実が熟れる光景なども思い描きながら山の畑を後にした。

それからまた数週間後、二度ならず三度までも衝撃的な光景を目の当たりにするはめになった。私の感傷をあざ笑うように、リンゴの木は無残になぎ倒され、再度徹底的に掘り返されていた。周りには骨の断片が散らばっている。猪は肉だけでは飽き足らず残った骨まで貪り食ったと見える。凄まじい食欲である。ここに至っては成り行きに任せるしかない。畜生を相手に不毛な悪あがきを続けた自分に呆れ果て半ばやけである。

一つの生物の死は、他の生物が生きていくための糧となる。よく知られるように、生物界は、そんな食う・食われるの関係で鎖状につながっている。食物連鎖と言えば、冷厳な自然の摂理、好悪の感情の入る余地はない。しかし、ひと夏の鹿騒動で私が否応なしに目にすることとなったのは、生きるためには腐肉も貪り骨をも噛み砕くという、自然の摂理と言って済ませるにはあまりにおぞましく醜悪な現実であった。これが生存競争の原点、人間を含む生物界の定めなのである。

まあ固い話は抜きにして、自分自身について確実に言えるのは、いかに美味《うま》い物に目がない私でも当分の間はぼたん鍋を食う気にはならないだろうということである。

（二〇一四年七月『新潮45』「随筆」）

【後日記】

結局、先年、山の畑は小屋もろとも手放した。一つには、その後も害獣被害は収まる気配がなく何を植えても全滅状態が続いたこと。二つめは、地元市の方針で太陽光発電が所構わず進められた結果、我が小屋の周囲も広範囲に木が切り倒され無粋な発電板が据え付けられて風景が著しく損なわれたこと。三つめには、妻が往復の私の運転に不安を募らせ、免許返上か少なくとも遠出を控えるかする時期だと激しく迫ること。以上の理由により、私としては未練たっぷりであったが、山での農作業を断念せざるを得なくなった。それに代えて、目下は、家の近所の元農家から畑を借り受け、農作業に対するいまだ旺盛な欲望を何とか満たしている。

日記帳

日記を付け始めて三十年近くになる。新年早々は気合いを入れて書くのだが、一ヶ月も経たぬうちに単なる行動記録簿のごとき物に堕するのが毎年の常である。最初のうちは、日記帳をあれこれ選んでいた。毎日心を込めて書くためには気分の乗る日記帳が欲しい。大学ノートでは味気ない。専用の日記帳も、実用一点張りの業務日誌風あるいは凝《こ》り過ぎた文芸日記風と、なかなか適当なのがない。「風雪」、「旅愁」などの表題の付いた物は、誰に見せるわけでなくても気恥かしい。

結局、どんな良い日記帳であれ効果は一ヶ月足らずという体たらくを繰り返した末に大学ノートに落ち着いた。書く量を自由に調節できるという点では便利だ。

一度だけ三年連用日記を使った。年初から古い日記帳を使うのが嫌で敬遠していたが、その年は店に三年連用日記帳しか残っていなかったのだ。使ってみると、過ぎた年の記述を一覧でき、これはこれで悪くない。出久根達郎氏のエッセイ「三年日記の平和」（『日本経済新聞』二〇〇四年一月七日）を読んだ。古川ロッパが昭和十九年の日記帳を買おうとしたら一冊もなかったという。出久根氏は、明日をも知れず日記どころでないという戦争末期の状況に思いを馳せ、「三年日記のある平和は、しみじみありがたい」と結んでいる。

思いつく効用と言えば、毎日の歩数を記録して目標達成への励みになっているくらいしかない我が日記。無駄な作業だと思わないでもない。それでも、日の終わりに日記帳を開くことが日々の生活のけじめになっている気がして続けている。出久根氏に倣《なら》って言えば、「今日も日記帳を開くことのできる境遇はしみじみありがたい」と思うのである。

（二〇一六年一月『時の法令』）

すがれ追い

つい先年まで八ヶ岳南麓の林を開墾した畑に時々農作業をしに出かけていた。ある秋のこと、我が畑を地下足袋《じかたび》履きの数人の男が何かを追って駆け抜けていった。間なしに「あったぞ」の声、続いて発煙筒のようなものを焚き始めた。後ほど分かったのだが、この騒動の正体は蜂の子捕りであった。クロスズメバチに小さな目印の綿の付いた生肉を地中の巣まで運ばせて、その後をひたすら追いかけるのである。綿の重さの調整は難しく、軽いと速く飛び過ぎて追跡できないし、重いと運搬を断念してしまうのだそうだ。巣を突き止めると、花火などで燻《いぶ》して蜂を気絶させ巣ごと蜂の子を捕る。信州などでは「すがれ追い」と言い、農閑期の大人の楽しい遊びだという。

それにしても、作物が植えてあるのもお構いなしでものに憑かれたように駆け抜けていった一団には怒るのも忘れて呆気《あっけ》に取られるばかりであった。しかし、他人の迷惑顧みず童心に帰って蜂と戯れるという振る舞いは微笑ましくもある。

蜂にとっては微笑ましいどころか残酷この上ない仕打ちであろうが、童心というもの、人間の本性に素直な分だけ酷薄な一面があるのはやむを得まい。

その後、井伏鱒二の『スガレ追ひ』という随筆を読んだ。井伏はすがれ追いにことのほか執心で、名人上手の話を聞き歩いている。すがれ追いには人を惹きつける何かがあるのだろうか。

クロスズメバチの子は「へぼ」などとも言うらしい。「へぼ」とは、何とも奇妙な名前を付けたものだ。私も、「へぼを養殖しています。捕らないで下さい。北杜市へぼ愛好会」という立看板を見た時は、一瞬、「へぼ碁ばかりが集まる碁会所の冗談めかした宣伝かな」と思ったことだった。

（二〇一九年十一月『時の法令』）

背戸に赤子の泣き声を聞く

我が家の斜め後ろに三棟の建売住宅が建ち、ほどなくして新住民が引っ越してきた。売値が手頃だったせいか、三軒とも若い夫婦が購入したようである。軒下に子供用の自転車や三輪車が置かれている。我が家に一番近い家には乳飲み子がいるとみえて、朝から元気の良い泣き声が聞こえてくる。

居ながらにして赤子の泣き声を聞くのは何十年ぶりだろうか。私たちが引っ越してきた頃、三十数年前のことだが、我が家にも幼稚園から小学校までの三人の子供がいたし、隣近所にも幼児や小学生がいて、甲高い叫び声や笑い声がそこら中から聞こえてきたものだった。しかし、我が町内もご多分に洩れず子供たちの歓声を聞かなくなって久しい。いつの頃からかすっかり高齢者の街になってしまったのだ。

そこに朝から赤子の泣き声である。それは、自分たちの若かった頃、子育てに忙しかった頃を懐かしく思い出させ、街を再び活気づかせる魔法の歌声のように新鮮であった。たまたま泣き声が途絶えてしばらく聞こえないと、妻は「授乳中かしら、まさか、にわかの病いで医者に行ったのでは」などと育児の大先輩として気を揉むことしきりである。私も夜、湯に浸かって止まない泣き声を聞きながら、若い母親の子育ての苦労を思い、また、泣き続ける赤子のエネルギーを何となく羨ましく思ったりもする。
急速な少子高齢化は、人口オーナス（重荷・負担）と言われるように、社会経済に様々な問題をもたらす。地域社会のありようとしても、活気が失せ滅びゆく街という雰囲気が支配しがちになる。赤子や幼児の存在なくしては真の地域社会とは言えないのではないかと思いは少々極端に走る。「赤ん坊の泣き声のする街づくり」。どこかの市長の選挙公約のような文句をつぶやいてみる。

（二〇一八年十月『時の法令』）

早過ぎた桜祭り

私の住む松戸市には桜の名所が多い。季節になると市内各地で一斉に桜祭りが行われる。開花の時期が年によって随分違うし、咲いても風雨が強いと散ってしまうので、祭りの主催者は毎年気が休まらない。「世の中に絶えて桜のなかりせば春の心はのどけからまし」である。今年の桜祭りは四月五日、六日に設定された。しかし、遅くまで寒さが続いたため開花の進行が遅れ、葉桜の桜祭りだった昨年とは逆に三分咲きの桜祭りとなった。

かつて、総理主催の「桜を見る会」の事務方を務めたことがある。会の日取りを決めるのは難題だった。会場となる新宿御苑の桜の開花の判断は、気象庁の予想を参考に蕾の膨らみ具合の実地観察も加味して勘で行うしかない。天候は基本的には運任せである。幸い私が担当した三年間は、開花の具合、天候ともまずまずであった。天候に関しては、開催日が「梅若忌《うめわかき》」に当たっていたのに、当日は快晴で胸をなでおろしたこともあった。「梅若忌」というのは、謡曲「隅田川」でお馴染みの梅若丸が非業の最期を遂げた日で、彼の死を悼んでよく雨が降ると伝えられているのである。

桜祭り数日後の松戸の桜は今が満開。繰り出す人のさざめきも鼓笛隊の太鼓や笛の音もない。静まりかえった夜空に桜花の大群生が白く浮かんでいる様は、静寂の中の妖艶とでも言おうか、心に沁みる風景である。古来、桜は、満開の頃だけでなく、散り際を人の命のはかなさに重ね合わせて詩歌に詠まれてきた。今年は、満開を待たずに桜祭りが行われたおかげで、咲き誇る桜から道も狭《せ》に散る桜に至るまで心静かに花見が楽しめる。これはこれで悪くない。

（二〇〇三年四月）

「でも」の幸せ

食べ盛りをとっくに過ぎた今でも、食べることには大いに関心がある。美味《うま》い物を食いたいという欲望はまだ衰えていない。

休日は、妻のお供でスーパーマーケットに食材の買い出しに行くことが多い。いつも決まったように「夕食は何を上がりたい？」と問う妻、「何でも良いよ」と答える私。妻は、しばらく思案の後、たとえば「おでんはどう？」と訊いてくる。それに対する答えが問題。つい「おでんでも良いよ」と答える。途端に「おでんでもじゃあなくて、おでんが良いでないと困るのよ」と怒られる。慌てて「おでんが良い」と言い直す。

決して、口に入れば夕食など何でも良いと考えているわけではない。しかし、一つには、戦後の物の乏しい時代に育った者の常として、食べることに対するある種の後ろめたさがある。「注文すれば食べたい物が食べられるなどという贅沢を自分に許して良いのだろうか」、「男子たる者食い物の好みをあれこれ考えるなど恥ずべきことではなかろうか」といった心理が働く。

もう一つは（むしろこちらの要素の方が強いのだが）、食いたい物がいくつもあって、漫画家＝東海林さだお氏言うところの「あれも食いたいこれも食いたい」状態なので、なかなか一つに絞れないのである。したがって、「おでんはどう？」と問われれば、「味のしみたおでんは美味いよね。蛸《たこ》の足を入れても良いなあ」などと考える。「天ぷらでは？」と問われれば、「エビも良いけどジャガイモの天ぷらには目がないからなあ」と生唾を飲み込む。つまり、おでんでも、天ぷらでも、はたまたすき焼きでも良い、どれも好きという意味で「おでんでも良い」のである。

ひと頃「でもしか教師」ということがしきりに言われた。「教師にでもなるか」「教師にしかなれない」といった意味合いだったと思うが、教師の仕事を不当に蔑むものであり、自虐的というかやけっぱちな感じもして、こんな言葉が流行る世相に眉をひそめたものだ。くどいようだが、私の「おでんでも」はこんな消極的な「でも」ではなく、食いたい物が数々ある中での選択、いわば積極的な「でも」なのである。

先日、歯茎が腫れ痛くてよく噛めないという初めての経験をした。そんな時に私の蛸好きを知る友人から沖縄の島蛸が送られてきた。蛸は食いたいが噛むと痛いというジレンマに悩む。結局、食い気が勝って、うま・・・痛い思いをしながら全部平らげた。その時つくづく思ったこと。歳とともに歯が弱って次第に固い物が噛めなくなる。その結果、好物のいくつかは否応なしに諦めざるを得なくなるだろう。もっと深刻なのは食欲そのものの衰え、「食いたい物は○○しかない」という状態である。さらにその先の食いたい物が何もなくて体力維持のために仕方なく食うという状態については、今は考えたくもない。さすれば、今「おでんでも良い」と言えるほどに他にも食いたい物がいろいろある幸せを大事にしなければと思う。

（二〇一一年十二月『生き生き塾機関誌』）

男の色香よ、いつまでも

三十年も前のことになるが、仕事の関係で、ある参議院議員のところに出入りしていた。労働組合出身の老練議員であった。歳はすでに七十歳前後だったように記憶する。親しくなった後に披露してくれたのが休日の過ごし方。「全く公務の入らぬ休日には、自分は別の人間になって過ごす」とのこと。「日頃の背広ネクタイから、原色の上着に真っ白のズボン、派手な帽子とサングラス、肩からずだ袋という服装に着替えて、缶ビール片手に街をうろつく。そうすると、周りの人も景色も全く違って見えるし、仕事の悩みも取るに足らぬことのように思えてくる。これが私のストレス解消法だ」。

いかにも武骨者という感じの顔つきからは想像のつかない変身ぶりに感心した私は、早速、自分も「別の人間を生きる」体験をしてみようと思い立った。次の休日、思い切り派手な服装で、右手に缶ビール、左手に魚肉ソーセージというスタイルで街に繰り出してみた。知人に会わないとも限らぬ松戸は避けて、鎌ヶ谷の駅から鎌ヶ谷カントリークラブまでのコースをソーセージに食いつき缶ビールをちびちびやりながら歩いた。日頃のストレスが大してなかったせいか、単純に鈍感なゆえか、周りが日頃と違って見えたり、気分がすっかり変わったりというほどのことはなかった。

この話はそれっきりで思い出すこともなかったのだが、七十歳を迎え、否応なく老いと向き合わねばならぬ今頃になって、記憶の底からよみがえってきた。そのきっかけは、若い女性二人から相次いで電車の座席を譲られるという初めての体験である。多くの経験者と同様、私も複雑な心境でこの事態を受け入れた。まだ席を譲られるほど歳を取ったとは認めたくない。譲ってくれたのがうら若き女性であればなおのことである。もはや色恋の対象とはいかないまでも、若い女性から「どこか魅力のあるおじさん（おじいさんではない）ね」くらいは思われたい。頭髪の都合で「素敵なロマンスグレーね」との賛辞は諦めざるを得ないとしても。

席を譲らんとする若い女性に対しては好意謝するに余りあれども、素直に喜べないのが私の本心である。「結構です。大丈夫です」と断る。しかし、二度目となると、さすがに、主観的にはともかく客観的には紛《まご》う方なき老人なのだと自覚するくらいの分別は働いて、素直に座らせてもらう。心の折り合いを付けるのに、多少の時間と重ねての経験が要ったのである。

そこで、ふっと思い出したのが、件《くだん》の議員さんの話である。休日における彼の奇異な行動を、公人としてのストレスの解消の手段とのみ思ってきたが、私も当時の彼と同年輩となった今、ひょっとして、老いへの抗《あらが》いの気持ちがそういう行動を取らせた要因の一つではなかったろうかと思うに至った。亡くなって久しいので本人に確かめる術《すべ》はないのだが、「自分はまだヒッピーまがいの派手な格好で出歩けるほどに若い」と自分も思いたいし、周りからも思われたい、若い女性からも注目されたいという密かな願望があったのではあるまいか。

七十歳代前半というのは、かくも微妙にして複雑な年頃なのである。古希を迎えたからと言ってそう簡単に枯れた心境にはなれぬ。いわんや男性の平均寿命が八十歳になんなんとする今日である。七十歳を越えたばかりは、男盛りとは言わないまでも男の色香を残していて当然である。いや、男たるもの、死ぬまで色気があることこそあらまほし、と鼻息荒く息巻く。

つい先日のこと、街角で、「デイサービスセンター松戸粋生《いきいき》倶楽部」と大書したワゴン車に行き逢った。心の中で「おぬしやるな」と思った。死ぬまで粋に生きようというわけだ。ちなみに、手元の辞書で「粋」を引いてみると、「①人情の機微、特に男女関係についてよく理解していること／②気質、態度などがさっぱりあか抜けて、しかも色気があること」とある。
「よし、これからは粋生《いきいき》でいこう。人間死ぬまで色気がなくちゃあ」と意を強くする。「しかし、歳を取って女性に色目を使っていては助平爺と言われるだけでみっともない」などと、今日も夕餉《ゆうげ》の食卓であらぬ方に思いを馳せる。途端に「ほら、ご飯がボロボロこぼれてますよ。歳とともに箸使いも怪しくなるみたいですね。もっと茶碗を手元に引き寄せて食べたらどうですか」と妻のお小言。男の色香などとは縁遠い日常に引き戻される。

（二〇一三年十二月『生き生き塾機関誌』）

童謡の力

不慮の死を遂げた友人＝山口剛彦君の一周忌の会でのこと。終わりに全員で彼の愛唱歌を合唱した。童謡「みかんの花咲く丘」である。それは、出席者がこもごも語ったどの思い出話よりも皆の胸を打った。童謡は、人々に幼い日を思い出させるという以上の特別の感慨を呼び起こす。特に、童謡がさかんに歌われた戦後間もない頃に幼少期を送った私たち世代の場合、「みかんの花咲く丘」を始め数々の童謡の歌詞や旋律が子供たちの情感に大いに影響を与え、長じて後もそれが色濃く残っているように思う。

縁あって、大瀧秀子さんという方が長年献身的に指導してこられた千葉市の「タンポポ児童合唱団」の発表会に何度か出席させていただいた。その都度、子供たちの明るい歌声に俗世の垢《あか》を洗われるような新鮮な気持ちになった。その「タンポポ児童合唱団」も、先年、団員の減少により解団のやむなきに至った。ともすれば子供たちまでとても大事なものを失うようで、寂しく残念であった。

情緒抜きの厳しい競争の場に身を置かねばならない今日だからこそ、暫《しば》し童謡的世界に浸る時間を持つことは、大人にとっても子供にとっても大切だと思う。

庄野潤三の作品の随所に、毎夜就寝前に童謡一曲を選び、夫のハーモニカ伴奏で妻が歌うという情景が出てくる。童謡への愛着断ち難き私も、思い立って、私のハーモニカ伴奏で妻が童謡一曲を歌うのを日課にすることとした。しかし、子供の頃少し吹いただけの私のハーモニカ伴奏は、時々音程が外れたり、つっかえたりで、ついに妻からストレスが溜まるのでお付き合いしかねると引導を渡されてしまった。童謡的世界に浸るのも容易ではない。

（二〇一四年一月『日本経済新聞』「あすへの話題」）

県人会オタク

全国から人が集まる大都会では、出身地を同じうする者同士の親睦を図る県人会の活動が盛んである。私の職場でも県人会がいくつもできている。

行きがかりで、次々と五つの県人会に入ってしまった。生まれ育った山口県、本籍のある長野県、かつて勤務した北海道、学生時代を過ごした京都府、果ては妻の実家のある兵庫県、目下在住の千葉県は職場に県人会がないので入りようがない。誘いを受ければ拒まずの流儀でやってきた結果だが、我ながら節操がないかなと思わぬでもない。でも、固いことは言いっこなし、楽しければよろしいのである。

忘年会シーズンになると一斉に各県人会が開かれる。毎年、日程と会費のやり繰りには結構苦労するが、極力参加するようにしている。県人会のはしごをしていると、それぞれの挨拶や会の雰囲気に自《おの》ずと県人気質の違いが感じられて面白い。

たとえば、長野県。会長の挨拶からして、中国の古典籍などからの引用を交えた講話風の話。地元からの来賓挨拶も、教育県としての水準が落ちてきたことを嘆くなど一体に生真面目である。そして、会員同士も終始真面目な話題を論じて倦《う》むことがない。最後は「信濃の国は十州に境連なる国にして……」で始まる長野県讃歌とも言うべき「信濃の国」の歌を整然と歌い、故郷の山河に思いを馳せて終わる、とまあこんな調子である。

それに比べて、北海道人会はひたすら陽気。また、万事が派手だ（勤務していた頃の印象で言うと、彼《か》の地では結婚式でも葬式でも総じて派手である）。飲めや歌えの大騒ぎ、宴たけなわともなれば、かねて用意の豆絞りの手拭いでねじり鉢巻き、ソーラン節の総踊りである。締めくくりは、全員肩を組んで「知床旅情」の大合唱というのが定番。開放的で大らかな道産子気質がよく表れている。

山口県人会はまたひと味違う。長野県人会のようにアカデミックな雰囲気ではない。さればと言って、北海道人会のような底抜けのどんちゃん騒ぎでもない。郷土への思いを控えめに語る挨拶の後、思い思いに和やかな会話を交わし、いつの間にかお開きになる、という風である。同郷出身者の集まりとしてはいささか淡白で盛り上がりに欠けるようにも思える。山口県人は、郷土意識の強さにおいて人後に落ちないのに、それをあけすけに表すことをためらうところがあるように思う。明治維新以来、長く陽の当たる道を歩んだために長州閥などと他県人のやっかみを受けやすい立場にいたことと関係があると言ったら穿《うが》ち過ぎだろうか。

京都府人会、兵庫県人会の雰囲気は長くなるので省略するが、テレビの普及や人の移動交流の活発化などで地域の特色が薄れつつある現在にあっても、故郷を離れて年月を経た人々の間にそれぞれの出身地の気質の違いが色濃く残っていることが貴重であるように思えてならない。

（一九九九年八月『生き生き塾機関誌』）

周防大島

先頃、瀬戸内海の周防大島と本土を結ぶ大島大橋に貨物船が衝突し橋本体や水道管を大きく損傷する事故があった。同島に住む友人に見舞いのメールを送ったのに対する返信。

「今年は周防大島の名前がたびたび全国に流れる『お騒がせの一年』でした。一月、水道管の老朽化による破損で長期断水。七月、行方不明の二歳児を大分県から来たボランティアおじさんが救出。九月、富田林署脱走犯が日帰り温泉にも入って一週間も滞在。そして、今回の事故。大型タンクローリーが通行できずガソリンなどの販売制限。スーパーでは一時パンが姿を消し、今もミルクなどが不足。ホテル、レストラン、理髪店などは水が来ないため休業。橋の通行制限に伴いミカンの出荷も軽トラックに積んで橋を渡り本土で積み替える状況。橋の復旧には時間がかかりそうで、橋や水道管に依存してきた島の生活が基本から脅かされる状況が続きます」とあった。ただし、友人の家では、以前から井戸を使っているので水には不自由しなかった由。

確かに、友人ならずとも「お騒がせの一年」と言いたくなる。特に、貨物船衝突事故は、我々の便利で快適な生活が積木細工の上に成り立っていることを否応なく思い知らされる出来事であった。より革新的な物や技術の創造開発に専心努めるだけでなく、友人宅の井戸のようにもう一度昔ながらの生活の中に答えを求める部分があって良いのではないかとふと思ったりもした。

ちなみに、周防大島は、幕末の第二次長州征討において、幕府軍・伊予軍に乱暴狼藉の限りを尽くされ長州藩からも見捨てられかけた。結局、高杉晋作らの活躍もあって奪い返されたのだが、島民の感情の中には、幕府や伊予への憎しみとともに長州藩にも含むところが残ったという。昔も今も、周防大島は災厄に見舞われがちな宿命の島なのだろうか。

（二〇一八年十二月『時の法令』）

【後日記】

周防大島の友人の先日（二〇一九年五月）の手紙によれば、ようやく橋の補強も水道管の工事も完了の運びとなった由。事故後わずか数ヶ月でフェリーボートや桟橋の利用の検討も沙汰やみになり、島のライフラインを一本の橋に依存してきたことへの反省も、喉元過ぎれば何とやらで急速に消えつつあると彼は嘆くことしきりである。

大げさな物言いをすれば、衝突事故で明らかとなった橋に依存する島の生活の脆《もろ》さであれ、悲惨な先の大戦の記憶であれ、あらためて歴史を風化させないことの難しさと大切さを思う。

完熟を待ちて食い損なうの記

平成十三年十月一日、古今亭志ん朝が逝った。享年六十三歳であった。落語通などではないが、父の影響もあって子供の頃から古今亭志ん生の落語だけはよく聴いた。といっても、田舎暮らしでは寄席に足を運ぶなどはできない相談だから専らラジオで聴くだけのことである。東京近辺で生活するようになって以降も、そのうちにと思いつつ志ん生の口演を生で聴く機会を逃してしまった。今となってはどうしようもないことだが、残念に思っている。その程度ののめり込み具合だから、とても志ん生落語を云々する資格はない。また、その天才異才ぶりは語り尽くされているので、私などが付け加えるべきことは何もあるまい。

それでも、テープで聴く口演の中から好きな場面を二、三挙げさせてもらうと、たとえば、志ん生の十八番《おはこ》「火焔太鼓」の道具屋甚兵衛夫婦のやり取り。亭主が自家用の火鉢を見境なく向かいの米屋の旦那に売ってしまったのをなじる女房。「寒くなると米屋に当たりに行ったりしたろうよ。何だか『甚兵衛さんと火鉢と一緒に買った心持ちがする』って言ってたよ」。ここら辺りの口吻の可笑《おか》しさ。あるいは、「替り目」の夫婦の掛け合い。酔っぱらいの亭主が次々と酒の肴を所望するのに、女房にべもなく「食べちゃった」の一言で片付ける。そこで、亭主これぞ切り札とばかりに勢い込んで、「それじゃ糠味噌《ぬか》を上げてもらおうじゃないか」と畳みかけるや間髪を入れず「ないよ」の答え。その時の風船の空気が急に抜けるような感じの亭主の息遣い。同じく「替り目」。間違って酔っ払いをその男の自宅の前で乗せてしまい、すぐ降ろすはめになった俥屋。車代を払おうとする女房から「どこから乗せたの」と訊かれた時の暫《しば》しの言いよどみ具合。こういうところが理屈抜きに好きだ。

というわけで、偏《ひとえ》に志ん生が好きというだけの落語ファンなのである。志ん生亡き後は、長男の馬生へ、そして次男の志ん朝へとその口跡を追うことになる。志ん朝は、これもＣＤで聴く限りだが、語り口、声の艶など父親譲り。巧《うま》さ、あるいは粋という点では志ん生を凌ぐかもしれない。また、落語について語る時のちょっと醒《さ》めた物言いも好ましい。同じく名手とされる噺家でも、人間の業だの情念だのとご大層なことを言うお方や、教えて遣わすとばかりにやたらと薀蓄《うんちく》を傾けるお方はどうも苦手だ。「自分の芸なんて屁みたいなもの」と言いつつ一途に打ち込む、この辺りの志ん朝の処し方が心憎い。

　では、志ん朝命《いのち》とまで惚れ込んだかというとそこまではいかない。志ん生落語に長年親しんだ私には、あまりに端正に過ぎるというか、きっちりと乱れがなさ過ぎるように思える。どちらが優れているといった比較をすべきものではあるまいが、それでも志ん生の自由奔放な語り口が懐かしい。もっとも志ん生も五十歳ころまでの録音を聴くと老年になってからのあの底抜けの可笑しさはない。さすれば、笑いにも歳を重ねるという要素が不可欠なのかもしれない。

　そんな次第で、生の口演を聴かねばと思いつつ、志ん朝もあと十年いやあと五年待てば巧さに奔放さが加わって至芸の域に達するだろう、その日を楽しみに待とう、といった心持ちでいた。それがあの若さでの逝去である。またしても天才の話芸を直接聴く機会を逃してしまった。美味しい果物の完熟を待つうちに落果してしまってみすみす食べ損ねた気分である。こんなことなら、完熟前でも食べておくべきだった。


（二〇〇二年二月）

【後日記】

私の父は、爆笑王と言われた三平や『綴り方狂室』で名をなした柳亭痴楽を毛嫌いして、「ああいう、これでもかと笑わす落語は本物の笑いではない。志ん生のように笑わすつもりなどないように振る舞って可笑しいのが本当の笑いだ」と繰り返し言った。幼い私の脳裏にその言葉が刷り込まれ、落語と呼べるのは志ん生だけだという固定観念が出来上がった。長じて、志ん生だって客を笑わせようという意識は人一倍強いと分かった後も、私の志ん生好きは変わらなかった。映画『お熱いのがお好き』の一場面。ギャングから逃れるため女装したベース奏者が大富豪に求婚され、困って、酷《ひど》い過去があるだの子供を産めない体だのと言い募るが、相手は一向に怯まない。ついに業を煮やして、カツラをかなぐり捨てて「自分は男だ」と叫ぶと、大富豪「完璧な人間なんていない」と涼しい顔。私の志ん生命《いのち》も、かの大富豪と同様「好きだから好きなんだ」という理屈抜きの世界なのである。他の落語家の話にもそれぞれの味わいがあると認識を改めたのは、還暦を過ぎて知人の誘いで時々寄席へ出かけるようになってからのことだ。

志ん生は、大変持ちネタが多いので、志ん生を繰り返し聴いているだけで古典落語の演目のかなりの部分をカバーした気になる。いつしか私の思考回路の中に落語の場面が入り込むことが多くなってきた。よく妻から「あなたの教養の源泉は落語ね」とからかわれるが、私はこれを褒め言葉と受け取っている。

大岡裁き

古典落語に政談物というジャンルがある。裁判の話である。なかでも「大工調べ」、「三方一両損」などいわゆる大岡裁きは、情に篤《あつ》いお裁きとして称えられる。大岡政談だけでなく政談物全般に共通するのは、民事であれ刑事であれ、人間観察を通じてまず人の本性を見抜き、善人と思われる方が勝訴するよう後から理論を考え出すという話の構成である。最初に結論ありきなので、かなり牽強付会《けんきょうふかい》の説を展開する。「大工調べ」で家賃の形《かた》に道具箱を取り上げられた大工の与太郎を勝訴させる理屈、「三方一両損」でポケットマネーを足して訴人双方の平等を図る手法、あるいは「鹿政談」で豆腐屋を鹿殺しの罪から救うため鹿を犬と強弁するやり口、皆然《しか》りである。

裁判のありようとしては、事実に基づき合理的な法解釈に従って裁かねばならぬという点からも、法適用の公平性の点からも、また、公私の混同をしてはならぬという点からも、無茶な裁判と断ぜざるを得まい。所詮落語の世界の話、現実の裁判のお手本にはならないのであろう。

しかし、現在でも、表面的な事実関係に法令を杓子《しやくし》定規に適用したのでは情理にもとるという事例は少なからずある。人を裁くには、法理論とともに心根の優しさや人間の本性を見抜く眼力が望まれる。司法制度改革審議会の意見書でも、法曹に必要なものとして、専門的資質能力とともに「かけがえのない人生を生きる人々の喜びや悲しみに対して深く共感しうる豊かな人間性」を挙げている。落語好きのひいき目で言わせてもらうと、そういう点で政談物にも何がしか参考になるところがありはしないかと思うのである。

（二〇一六年五月『時の法令』）

宿屋の仇討ち

今年還暦を迎えた私に母が「六十歳以上が入会資格の『ジパング倶楽部』に入るとＪＲの切符が割引になる」と教えてくれた。早速申込書を取り寄せてみると、母の早とちりだった。入会資格は女性の場合六十歳以上だが男性の場合は六十五歳以上、夫婦どちらかが六十五歳以上であれば夫婦とも入会資格が与えられると書いてある。多少がっかりすると同時に、男よりも長生きするはずの女の方に早く資格を与える理由は那辺《なへん》にあるのかが暫《しば》し食卓の話題になった。

「ジパング倶楽部」のことはそれきりになっていたのだが、昨日のこと、近所のご婦人二人と連れだって東京の美術館に行ってきた妻が帰って来るや、「『ジパング倶楽部』の扱いが変わって私たちも申し込みができるそうよ」と言う。聞けば、往きの電車の中で、女三人、吊革につかまってあれこれ話に花を咲かすうちに話題が「ジパング倶楽部」の件に及んだと言う。話が佳境に入った頃、前の席に座っていた人品卑しからぬ老紳士が妻を突ついて、「私はこの通り『ジ割引』で切符を買っておる。皆さんの話を聞いておると誤解があるようなので申し上げる。

最近扱いが変わって夫が六十歳以上で妻が四十歳以上ならば夫婦とも入会資格が与えられる」と、さも権威ある者のごとく語ったと言う。というわけで私たち夫婦も入会できるはずと言うのである。慌ててもう一度パンフレットに目を通し、倶楽部にも直接確認する。結果は前と変わらない。「変だわね。自信たっぷりに仰ったのに」と妻は狐につままれた面持ち。

そこではたと思い当たった。ああこれは「宿屋の仇《あだ》討ち」だ。ご存じだろうか。「宿屋の仇討ち」または「庚申待ち」という落語を。

庚申《かのえさる》の日の夜、宿屋の一室に集まって夜明かしをする慣わしに従い、夜っぴて法螺《ほら》話をし合う馴染みの面々。なかでも、十年前に川越で老人を殺《あや》めて十両の金を盗んだという熊さんの打ち明け話は真に迫って皆もほとんど信じるほどだった。ワーワーやっていると、隣の部屋に泊まった武士が宿の亭主を呼びつけて、「隣の話を聞くともなく聞いていると、あの熊五郎こそ十年前殺害されし我が親の仇《かたき》と分かった。すぐに踏み込んでたたき切るところなれど他の客の迷惑になるゆえ明朝庭に引き出して成敗してくれる。逃がしてはならぬ。逃がすようなことあらば亭主も連れの客も皆殺しにしてくれるから左様心得よ」という恐ろしい話。亭主びっくりして、密かに熊公の連れを呼び出してかくかくしかじか。連れも薄情なもので、とばっちりは御免蒙《こうむ》るとばかりに寄ってたかって熊公を縛り上げ押し入れに放り込む。後は誰も声一つ立てず床につきまんじりともせず夜明けを待つ。翌朝、武士は何事もなかったように「世話になった。また来るぞ」と出かかる。亭主、慌てて「熊公をどうしましょう」、武士「何のことだ」、亭主「あなた様の仇の熊公を生け捕りにしてあります」、武士「ああ、あれか。あれは嘘だ。ああでも言わんことにはうるさくて寝られない」……という話である。

さて、「ジパング倶楽部」の一件だが、女三人のおしゃべり、想像するに、かの老紳士にとっては大いに迷惑だったのではあるまいか。そこで、お誂《あつら》え向きに「ジ割引」の切符があるのを幸いに法螺話をでっち上げて女三人のおしゃべりの気勢を殺《そ》ぎ、暫しの静穏を得ようとしたのに違いない。もっとも「妻が四十歳以上ならば」という老紳士の説明に対し、「あら、それなら私も今年から大丈夫だわ」と減らず口をたたいたと言うから、現代版「宿屋の仇討ち」くらいで老紳士が暫しの静穏を得られたかどうかは甚だ怪しいものである。

（二〇〇二年十一月）

【後日記】

その後「ジパング倶楽部」の入会資格適齢期を迎えてもしばらくは申し込みをしないままで過ごした。フルタイムの勤務を七十歳まで続けることになり年会費に見合う「ジ割切符」の活用ができそうになかったこと、六十歳で運転免許を取得したため車で遠出をするようになったことなどの事情による。しかし、七十五歳の後期高齢者の仲間入りをした昨年、そろそろ運転免許を返上すべき時期を迎えたことも考え、ついに「ジパング倶楽部」に入会した。比較的時間が自由になったので、妙義山麓の農業合宿に毎月参加するなど、ここのところ小旅行の機会が結構ある。何となく特権階級になった気分で「ジ割引」を活用している。

言わずもがなのこと

「残しておきたい江戸情緒、下座のお囃子、寄席幟《のぼり》……」玉置宏氏の名調子で始まる『ラジオ名人寄席』を熱心に聴いた時期がある。毎夜二席ずつ、蘊蓄《うんちく》を傾けた解説付きであった。

「幾代餅の由来」が放送された時のこと。搗《つ》き米屋の若い衆清蔵は、高嶺の花、全盛と言われた吉原の幾代太夫に恋患い。その純情と誠実にほだされて幾代は清蔵の妻となり、夫婦で餅屋を開いて繁盛する。実話に基づく噺《はなし》である。玉置氏は「実のところ幾代は太夫と呼ばれる花魁《おいらん》でなく、ごく下級の女郎さんだった」と付け加えた。私は、この一言が噺を台無しにしたように感じた。ここはどうあっても松の位の太夫職でなくてはならない。しがない搗き米屋の使用人との格差がこの噺の肝である。名司会者＝玉置氏にして、重々分かりつつも事実との相違は看過できなかったのだろうか。

そう言えば、古今亭志ん生と長男＝金原亭馬生とのこんなやり取りを読んだ。志ん生十八番《おはこ》の「火焔太鼓」。志ん生の噺では古道具屋が火焔太鼓を背負って運ぶことになっているが、直径二メートルもの太鼓を背負って運ぶのは無理と考えた馬生は、大八車で運ぶ演出でやった。それを聞いた志ん生は、「だからおめえは駄目なんだ。実物の大きさなんてどうでも良い」と叱ったという。荒唐無稽は落語の身上。逐一正確な事実関係や合理性を追求すると興を殺《そ》ぐ。とはいえ、噺の本題とも言うべき火焔太鼓の大きさに頓着しないというのも志ん生ならではだと思う。

私自身は、言わずもがなと分かりつつ幾代の出自に正確を期さずにいられなかったり、太鼓を運搬可能な方法に変えてやったりという律儀な人間の仲間だと自覚しつつ、心のどこかで志ん生流のずぼらさに憧れてもいる。

（二〇一七年七月『時の法令』）

糟糠の夫

ご多分に洩れず、歳を取るに従って、ますます昔ながらの味噌汁や漬け物の類を好むようになってきた。特に程よく漬かったナスやキュウリの糠《ぬか》味噌漬けは食べて飽きない。

というわけで、我が家でも自家製の糠味噌漬けに挑戦することにした。糠を煎って、塩、唐辛子、昆布を混ぜ入れ、湯ざましで適当な硬さに練る。野菜屑を捨て漬けにして三、四日おくと立派な糠床《ぬかどこ》ができる。ここまでは私の分担。後は毎日かき混ぜて、ナスやキュウリを突っ込んでおけば美味しい糠味噌漬けが朝夕の食卓に上るはずであった。

ところが、そうは上手くいかない。健康も考え塩分控えめを心がけると、すぐ酸っぱくなってしまう。それでも私はそこそこ美味《うま》いと思って食べるのだが、家人には全く不人気である。塩加減を調整したり、ビールを少し入れてみたりと工夫するのだがあまり効果がない。毎日かき混ぜる役割の妻も毎度茶色に変色し酸っぱくなったナスやキュウリを食べるうちに、「買った方が良いのではないですか。特に夏場は無理よ。糠が酢になっているのでは」としきりに廃棄を勧めるようになる。「何をヌカす」と反論を試みるも、ナスはあくまで紺色鮮やかな、キュウリはあくまで緑色濃いスーパーの糠味噌漬けに比べて、我が家のそれが著しく見劣りのする物であることは認めざるを得ない。でも、ここは意地である。「糠床は使い続けてこそ値打ちがある。旧家では百年物の糠味噌の甕《かめ》を床の間に置いて大事にしているところもあると聞く」などと生半可な知識を振り回して抵抗する。勢いの赴くところ、かき混ぜ役も私が引き受けるはめになる。かくして、それは風呂に入る前の私の日課となった。負け惜しみで言うわけではないが、私は漬け物の酸っぱいのは嫌いではない。それに、我が家の作品はスーパーの物に比べて酸っぱいなりに何かプラスアルファの底味があるような気がする。糠味噌は確かに臭い。かき混ぜるのも風呂上がりの作業というわけにはいかない。「かき混ぜた後は乳酸菌の作用で肌がすべすべするような気がするし、あまり腹を壊さなくなったのも乳酸菌のおかげではないか」と、私としてはせいぜい糠味噌の効用を言い立てるのであるが、美味しく美しくできてなんぼの物だと言う妻の主張に対しては分が悪い。

出来の悪い子ほど可愛いというやつで私はあくまでも自家製糠味噌漬けにこだわる。泊まりがけのドライブの時も、糠味噌の甕を旅先まで持参し、一日一回混ぜることを怠らない。しかし、私がこだわればこだわるほど家人の白けた眼差しは日増しに強くなる。このまま赤茶けた糠漬けを提供し続ければ、家中の非難に耐えきれず、糠床を廃棄することになりそうだ。かくして、守り続けた「糟糠《そうこう》の夫《つま》」の地位を去る日もそう遠くはないかもしれないと心密かに覚悟を固めている。

（二〇一二年十二月）

散歩の決死隊

何事によらず一途に打ち込む姿は感動的である。営業で歩き回り一年間に靴を五足履き潰したとか、ページがばらばらになるまで本を読み込んだとか、仕事であれ学問であれ、並外れた精進を重ねた人の苦労談――それも多くは苦労の甲斐あって功成った人の――には憧れに似た感情を覚える。受験勉強や仕事でそれなりの苦労をした経験があるとはいえ、かくも一途に打ち込みましたと大見得を切れるほどのものは私にはなかった。

ところが、還暦を過ぎて後、胸を張って打ち込んでいると公言できるものを得た。散歩である。たかが散歩と言うなかれ。宮内庁在職中の十一年間、槍《やり》が降ってもとまではいかないが、少々の雨風、暑さ寒さはものともせず、昼休みにおよそ三キロメートルの散歩を続けた。欠かさず続けるには相応の覚悟と努力が要る。昼休みに極力仕事を食い込ませない、気分の乗らぬ日や体調の優れぬ日も気を奮い立たせてとにかく出る。気持ちは散歩の決死隊である。

こうなると精進の証しが欲しい。昼休みの散歩を始めて三年半、その日は来た。愛用のスニーカーのゴム底が擦り切れて布地が見えるではないか。我ここに散歩道を極めたり。

かくして、私には昼の散歩が大事な生き甲斐となった。生き甲斐とかやり甲斐などというものは畢竟《ひっきょう》本人の心の持ちようだから、大事も些事《さじ》もない。この間の苦労を思い返し、事を成し遂げた者のみが味わえる感慨に浸る。

その後も散歩に打ち込んだ結果、在任中に履き潰したスニーカーは三足を数えた。

（二〇一四年五月『日本経済新聞』「あすへの話題」）

気分は兼業農家

常勤の仕事を退いて以来、空いた時間は近所に借りた五十坪ばかりの畑に通って、種蒔き、草取り、水やり、収穫と野良仕事に精を出している。キャベツ、ネギ、ジャガイモ、ダイコン、ニンジンなど思いつくままに植えていく。気分はほとんど兼業農家である。家人には「元の取れる農業を目指す」と宣言してある。目下のところは、草取りが雑草の茂るに追いつかず、ネギやニンジンには肩身の狭い思いをさせている。「今、主に作っているのは？」と訊かれれば、「草です」というのが正直な答えである。とても農業をやっていると威張れる状況ではない。虫が這い出してくるキャベツ、二股に分かれた卑猥《ひわい》な感じのダイコンなどを食卓に供して、家での評価も芳しくない。しかし、成果のほどはさておき、畑に出て土いじりをするのは、精神衛生にはまことに良い。額に汗し、土の匂いを嗅ぎ、野辺に咲く草花を愛《め》でる気分は何ものにも代え難い。

厳しい試練に曝《さら》されている日本の農業の行く末をお遊び農業の体験に基づいて論ずるような葦《よし》の髄から天井を覗《のぞ》く能天気な振る舞いは慎まなければなるまい。しかし、農業者もどきに過ぎない私にも、食糧の確保のみならず、自然環境や景観の保持、精神文化の維持伝承などの面でこの産業が果たす大きな役割を認識する程度には思い入れがある。産業としての日本の農業の将来のためにも、プロの農家の周辺に私のような素人の農業愛好者が多くいることは、悪いことではあるまい。
大上段の話は別にして、私個人のことで言えば、農作業の楽しさは理屈抜きである。三年越しの試行錯誤の末、実生《みしょう》の山ウドの芽が出てきた時などは、初孫誕生の気分がしたものである。

（二〇一五年七月『時の法令』）

愛鏡物語

昨年の春、農業仲間と妙義山麓の農園で夏野菜の植え付けと竹の子掘りを楽しんだ時のこと。汗で眼鏡が曇ったので一区切りついたら拭おうと頭にずり上げておいたところ、すっかり忘れ作業終了後にないことに気がついた。畑から竹藪まで仲間総出で探してくれたが見つからない。耕作中に土の中に埋めてしまったというのがその時の結論だった。

「そのうち野菜と一緒に芽を出しますよ」だの、「そりゃ無理だ。失せ物が芽が無え（メガネ）だもの」などと、冷やかし半分に慰められるが、この眼鏡、作って間がないだけに諦めきれない。たまたまこの事件の直後に、カナダで畑作業中に失くした婚約指輪が収穫したニンジンの首に巻き付いた形で十三年ぶりに見つかったという新聞記事を読んだ。その写真を添えて「皆様へ！　この記事のような例もあり一縷《いちる》の望みを抱いているので、発見の節はよろしく」と、未練たらしく農業合宿所の壁に張り出した。

それが、なんと、ちょうど一年を経た今春。竹の子狩りの最中に仲間の一人が見つけてくれたのである。畑の土の中ではなく、竹藪の枯れた笹の上にあった。その場所で、真夏の炎暑にも厳冬の寒風にも耐えてひたすら持ち主が見つけてくれるのを待っていたのである。レンズは汚れ、弦《つる》の合成樹脂の部分はボロボロに朽ちた姿。生命なき物とはいえ、その健気さに打たれ、不憫な思いに駆られた。昭和基地に置き去りにした樺太犬タロ・ジロに一年ぶりに再会した南極観測隊員の気持ちと言ったらよかろうか。

早速、眼鏡屋で、朽ちた部分を取り換え、レンズを磨いてもらった。この一年ピンチヒッターを務めた控えの眼鏡に比べて格段によく見える。今、ほぼ元通りになった眼鏡を愛おしみ、朝な夕な「二度と捨て子になどしないから」と誓いを新たにしている。

（二〇一九年八月）

師匠の七味唐辛子

常勤の仕事を退いてから、その道の師匠の下で様々な遊びに挑戦している。その一つが毎年二月の七味唐辛子製造である。作業は陳皮《ちんぴ》作りから始まる。ミカンの皮を干す。師匠からミカンの皮の処理法と干し方など細かな指示が来る。七味唐辛子の味は陳皮次第で決まる由。命ぜられるままに陳皮を作り各材料を薬研《やげん》で適当な粗さに砕くのが弟子の作業。材料の調合割合は秘伝に属するので専ら師匠の仕事となる。

薬研の作業は結構骨が折れる。特に唐辛子の粉砕は鼻や目の刺激痛に耐えなければならない。かくして出来上がった製品は、そんじょそこらの七味唐辛子ではない。陳皮の上品な香り、唐辛子と他の材料が調和した絶妙な味。まさに天下一品である。師匠は「香りが命。必ず冷凍庫で保存すること」と厳命。持ち帰った製品は、近所にもお裾分けし、我が家でも早速味噌汁に振りかけて味と香りを楽しむことにする。そこに師匠から電話。「振りかけてすぐ食してはならない。三十秒置いて香り立つのを待つこと」。師匠の七味唐辛子は、食べ方にも厳格な作法が要求される。

今年もせっせとミカンを食べて陳皮製造に励み、召集の日を待っていたら、明朝八時作業開始の連絡。午前中は他用で塞がっているので午後の作業開始を申し入れる。「気温と湿度の具合からして調合作業は午前中が最適。よって時間の変更は不可」とつれない。やむなく粉砕・調合作業参加を断念した。

たかが七味唐辛子ではあるが、完璧を目指して精進する師匠の求道精神にあらためて畏敬の念を覚えたことであった。遊びといえど一芸へのこだわりはかくありたいものだ（陳皮製造のためミカンを食い過ぎて血糖値が急上昇したというに至っては師匠も少々やり過ぎの感はあるが）。

（二〇一七年三月『時の法令』）

鳥獣に追われて

数年前から、山の我が畑は、収穫の時期を狙って襲撃してくる鹿、猪の集団のために耕作不能となっている。映画『七人の侍』の野盗たちに似て情け容赦のない跳梁跋扈《ちょうりょうばっこ》ぶりである。詮ない自己防衛策をあれこれ試みたものの頼みになる七人の侍も現れず、結局、害獣にお目こぼしを願って細々とラッキョウだけを作る情けない状況に追い込まれた。農作業欲を満たすため、今は家の近所に借りた別の畑に活動の主力を移している。

そういう次第で、山の畑には足が遠のいてしまったのだが、それでも、時々は出かけて草刈りや耕耘《こううん》を続け、原野に帰るのをかろうじて防いでいる。先日久しぶりに出かけた時のこと、荒れた畑を見るのは、兼業農家を自称する私としては寂しい限りであるが、さらに難題が持ち上がった。畑作業用の雨露を凌ぐだけの小屋の板壁にキツツキが大穴をあけているではないか。明け方、壁を小槌《こづち》で激しく打つような音にビックリして飛び起きて、ようやく壁の最上部の大穴に気がついた。

芭蕉の『奥の細道』に、「木啄《きつつき》も庵《いお》はやぶらず夏木立」という句がある。敬愛する和尚の庵がキツツキに破られずにいるのを見て、芭蕉は彼らも和尚の徳に感じて遠慮したのだろうと詠んだのである。さすれば、我が小屋の被害は持ち主の徳のなさゆえか。地元の友人は、「この程度なら嘆くに及びません。近所の別荘には無数に穴をあけられ銃撃を食らったようになった家もありますよ」と慰める。

今や、鳥獣に白旗を上げて撤退するか、彼らと折り合う道を見出すべく悪あがきを続けるか、重大な岐路に立たされている。人間同士を含め、共存共栄というのは、理想ではあっても実現となると容易ではないのである。

（二〇一七年九月『時の法令』）

第四章　少々怪しげな考察 ～ただ珍しく面白く

大学時代、大教室での名講義に惹かれてある民法の教授のゼミに入った。私の他にもその教授のファンは多く、人気のゼミの一つだった。しかし、大ベテランであるにもかかわらずその教授にはまだ専門分野のまとまった学術書がなく、その点をやや不満に思っていた。それについて、「あまりに学問を究《きわ》め過ぎたためにかえって書けなくなったのである」と訳知り顔に解説する者がゼミ生の中にいた。少し疑念を残しつつ、私も案外そうしたものかなと思ったりしたことだった。学問に限らず奥義を究めれば究めるだけその奥深さに圧倒され、自《おの》ずと自分の到達点の至らざることに気づき謙虚にならざるを得ないということはありそうだ。

　ドイツ文学者＝高橋義孝は膨大な自らの蔵書についてこう言っている。「本の巨大な分量は無言のうちに精神に攻撃を加えて、その活動を鈍らせるような気味がある。本の山を見ていると何だかこう気が萎えてくる」（『叱言たわごと独り言』）。本を知識に置き換えてもこれは言えるかもしれない。あまりに多く深く知ったためにその際限なさに思いが至り表現できなくなった。知識の世界の深淵に気が萎えたということがあるのかもしれない。

　あらためて我が稿を読み返すと、さして知ってもいないことをさも知っているごとく賢《さか》しらに書いているなと我ながら恥ずかしくなるものが多い。これも僅かしか知らないゆえに書けたのかもしれない。なまじもっと探求しようなどと思うと書けなくなったのではあるまいか。前にも書いた通り、上司から「五しか知らないことを十知っているように表現するのが上手い」と褒められた（けなされた？）私である。

　知らないことをさも知っているように書くことはいささか得手、という次第で、知ったかぶりに書いた怪しげな観察や考察の数々をお目にかけようというのである。ゆめゆめ中身を信用し過ぎませぬよう。

難読奇姓考

五十歳間近になってにわかに盛んになった在京の高校同期の集まりが今年も新宿の某店で行われた。宴もたけなわの頃、短歌を趣味とするA女が最近同人誌に投稿した歌だと言って、「羽毛田《はげた》でも構わぬという羽毛田《はけた》氏の髪の透き間に地肌の光る」という一首を披露した。一昨年だったか、十何年ぶりに同期会が開かれた折、近況紹介の中でそんなようなことを言った覚えがある。

思えば、五十年間この奇妙な姓と付き合ってきたわけだ。二十代の半ば、頭髪が怪しくなり始めた頃は、この姓を恨めしく思ったものである。名刺に「はけた」と律儀に仮名を振り、相手の読み違いもその都度訂正するという風だった。その頃のこと。神田の古本屋で『難読奇姓辞典』という本を見つけた。「五百旗頭《いおきべ》」だの「色魔《しきま》」だのに交じって我が「羽毛田」も載っていた。なんと、「はげた」

と仮名が振ってあるではないか。がっくり。その後、結婚し、体形も崩れ、頭髪だけにこだわっていてもしようがない頃になって、前記A女の歌にあるような境地に到達した次第。

しかし、これまでのところ、この姓のおかげで随分と得をしている。まず、相手がすぐに名前を覚えてくれる。昨年、十数年ぶりに再度総理官邸に勤務することになって、その昔官房長官の頃にお仕えした現総理に挨拶に伺ったところ、「羽毛田さん、また世話になるよ。よろしく」と言われた。私の名前を覚えておられて大いに気を良くしたのだった。ところが、後刻、秘書官から「あのくらい苗字と身体的特徴がぴったりの人はいないな」と総理が言われたと聞いて苦笑い。覚えておられたのは奇姓のゆえなのだ。こうなると、だんだん開き直って、奇姓を楽しむ心境になってくる。少し前になるが、今の新生党党首（当時）羽田孜氏に何か説明に伺った時のこと。名刺を差し出しつつ、「先生よりも私の方が毛が多いのですが」。私の頭部を見て一瞬怪訝《けげん》な顔。名刺をしげしげと見て「うーん」と納得された。

姓名の歴史に興味を持つ友人が羽毛田の由来を調べてくれた。その結果分かったのは、我が一族の住んでいた場所の地形がその名の由来らしいということ。丘陵から野に出るあたりの崖地を「はけ」あるいは「ばっけ」と言うそうだ。大岡昇平の『武蔵野夫人』の最初の方に国分寺市周辺の「はけ」のことが書かれている。羽毛田というのは、何のことはない、この「はけ」のあたりの田んぼというほどの意味らしい。これでは、山田、田中などと変わらぬ何の変哲もない姓だ。もう少し謎めいたいわれがあればと思うのだが、どうもここらが本当のところらしい。

このことが分かって後のこと。面識のない方から突然の電話をいただいた。「自分は某官庁の羽毛田という者である。生まれ育ちは東京だが、ルーツは長野県である。今度退職していささか暇ができた。思うに羽毛田という珍しい姓にはそれなりの由緒があるはず。そこで、ルーツを尋ねて長野県を旅してみようと思う。官庁名簿で同姓の君の名前を見つけた。ついては、羽毛田という姓、あるいはそのルーツに関して知るところあらば教えよ」という趣旨であった。よほど私の知識をお教えしようと思ったが、長年この姓にロマンを抱いてこられたその方に味気ない話を申し上げるのはさすがに憚《はばか》られて、「私も本籍は長野県ですが、羽毛田の由来は分かりません。分かりましたらお教え下さい。どうぞ良い旅を」とだけ申し上げた。その後音沙汰のないところを見ると、やはり調査行の結論は私と同じだったのだろうか。

（一九九三年十月『萩高校同窓会誌』）

「コドモ」を大切に

このところ、休日には地域の人たちとの交流に励んでいる。「生き生き塾」と称するサークルへの参加がその一。勉強と遊びと健康をひとまとめといういささか欲張りな集まりだ。医療に関する講演、最近の金融事情の解説などの硬い話から、陶芸の手ほどき、カラオケの歌唱指導、東京下町散策まで、何でもござれである。その二は、「松戸市フラワーボランティア」。こちらは、春はレンゲソウを秋はコスモスを咲かせるため、種蒔きや草取りなどの世話をする奉仕活動。

退職後に「濡れ落ち葉」や「ワシも族」にならぬためにと一念発起した結果であるが、最初は照れ臭く、気後れがした。今は、妻に冷やかされながら、毎月の例会に嬉々として出かけていく。昨年末には、塾の忘年大学芸会と銘打って、プロの独唱や演奏の他、決して上手とは言えぬ会員の歌、踊り、和太鼓、最後は観客全員壇上で大合唱という奇天烈な催しを楽しんだ。

こうした交流を楽しいものにするコツ、それは何よりも「童心に帰る」ことだと思う。司馬遼太郎氏は、「いくつになっても精神のなかに豊かなコドモを胎蔵していなければならない。でなければ、精神のなかに何の楽しみも生まれないはずである」（『風塵抄』「高貴なコドモ」）と書いている。さらに、たいていの職業はオトナの部分で成立しているから、一方でコドモの部分を持ち続けることで精神の平衡を取っているのだとも。もちろん、コドモの部分とは、芸術や趣味のような想像力と創造力を働かす高尚な営みのことだろう。なに、地域との交流にうつつを抜かすのだってコドモの部分に違いはあるまい。さすれば私も、目下、我が精神の中のコドモを育てている最中なのである。

今年も、私の中のオトナの部分は、多忙を極め、悩み苦しむことだろうが、我がうちなるコドモを大切にして精神の平衡を保ちたいものと思う。

（一九九九年一月『国保新聞』「晴雨計」）

咲き時を心得る

猫の額ほどの我が庭で、沈丁花《ちんちょうげ》が蕾を膨らませ、今にも咲かんばかりになっている。沈丁花。別にどうということもない花だが、寒さがようやく峠を越す頃、甘く悩ましい香りを漂わせて咲くのが良い。やはり、時季を選んで咲くところがこの花の身上である。秋の深まりとともに、楚々とした風情で咲く紫苑《しおん》なども咲き時を心得た花の一つだろう。

逆なのが、たとえばノウゼンカズラ。花も美しいし、葉も緑鮮やかである。しかし、いかにも咲き時を心得ていない。私の好みの問題かもしれないが、艶《あで》やかであればあるだけ、夏には合わない。浴衣の時分に袷《あわせ》を着ているような心持ちがする。かんかん照りの太陽の下で、あの花が咲き揃っているのを見ると、それだけで余分に汗が出る。

もちろん、絶妙な時季に咲き、しかもすこぶる美しい花もある。日本人の好きな花、梅、桜。これも美しいだけでは日本を代表する花にはなれない。梅は、「梅一輪一輪ほどの暖かさ」の通り、早春に咲いてこそであり、桜もさなきだに気分の浮き立つ春たけなわの頃に咲いてこそである。咲き時を心得るということは、花の値打ちの大きな要素だと言ってよい。

我々の生き方もかくありたいと思うが、こちらは思い通りにはいかない。手遅れになってから慌てて走り出したり、誰も振り向かなくなった頃に大見得を切って見せたりということの繰り返しである。

五十代も半ばを過ぎた。そろそろ時を心得た振る舞いをしなければと思う。それには、今何が求められているかを敏感に感じ取り、行動に結び付けるだけの知恵と努力が必要だろう。これもなかなか容易でない。

正月、こたつのお守《も》り。半醒半睡の心地良さに浸りつつ、花の咲き時から我が身の処し方まで、あれこれ思いを巡らす。

（一九九八年一月『国保新聞』「晴雨計」）

非情と薄情の間

話は旧聞に属するが、いわゆる郵政解散の折、解散を思いとどまるよう迫る前首相に対し、時の首相が解散の意思を曲げず「俺は非情なんだ」と言い放ったとの報道があった。情において忍び難きことであっても大義のためなら敢然とやり抜くのが非情。郵政改革の大義のためには、これに反対する者は親しい友であれ長年の功績者であれ切り捨てねばならぬというところか。大義のあるなし、また、大義が理に適《かな》っているかどうかが単なる無慈悲冷酷との違いと言えばよいのだろう。大義のために切り捨てるのが非情、己の好悪や損得で切り捨てるのが薄情。

言葉の問題として言うと、非情の反対語は有情。仏教用語で、心の動きを持つものが有情。そうでない木石の類が非情。このほど皇后陛下（当時）が詩の英訳と朗読をされた本が出版された。その中に詩人＝永瀬清子の「降りつむ」という佳詩が掲載されている。そこに「非情のやさしさをもって雪が降りつむ」とある。詩心なき私にはその意味はよくは分からぬが、雪という喜怒哀楽の情を持たない物が静かに降り積む様が有情の身である自分にはことさらやさしく感じられるといったところかと推測する（皇后陛下は「merciless mercy」と英訳されている）。西行の「心なき身にもあわれは……」の「心なき」もこれに近いニュアンスだろうか。

しかし、同じ情なしでも非情と無情はどう違うかとなるとややこしい。ややこしついでに言うと、情が少しある薄情よりも情が全くない非情や無情の方が肯定的なニュアンスで受け止められることが多いような気がする（もっとも、なまじ少しばかり有るよりも全く無い方がましだという事象は情に限らずあるにはある）。さらに、薄情も「うすなさけ」と読むと情のこもらぬことは同じでも秘めた思いの深さといった趣が生ずる。

（二〇一九年四月『時の法令』）

一所懸命

ある新聞のコラムに、「一生懸命は、もともと一所懸命だった（……）一所懸命はなかなか捨てがたい。一生懸命は命を懸けるにしては安っぽく使われすぎている。命を懸ける一所を意識すれば少しは切実感を持つのではないか」とあった。コラム子も言う通り「一所懸命」は「一所に命を懸ける」というところから来る。しかし、今は、新聞用語としても通常「一生懸命」と表記される。厳密に言えば誤用の類と言えるかもしれない。

学生時代、学問に親しむことの薄かった私が唯一親しくしていただいた学者に佐波宣平という方がおられた。京都大学経済学部教授であった。先生の随筆集『海だ、海だ』は今も手元にある。見返しに先生の特徴ある字で「吾試《もち》ヒラレズ故ニ藝アリ」と孔子の言葉が書かれている。先生は当時必ずしも経済学の本流とは言えなかった海運論、保険論に学者生命を懸けた人だが、その随筆集の中に自らの学問に対する思いを述べたくだりがある。「たいていの人は一生懸命と書くが、語源に参着するに、一所懸命が正しい。一所懸命は滔々たる天下の大勢に抗して悲運の自分を守り抜こうとする仕方を告げるものとして、悲愴である」。先生の場合、「一所懸命」は捨て難いというような気楽な話ではない。どうあっても「一所懸命」でなければならぬのである。

正直なところ、言葉の問題としてここまで求めるのは少し厳密に過ぎる感じがする。言葉が世につれ変化するのは当然だし、少々間違った使い方でも人口に膾《かい》炙《しゃ》して市民権を得るということもあって良いと思う。むしろ「一所懸命」であれ「一生懸命」であれ、相応の覚悟を持って発すべき言葉であり、それを欠いたまま軽々に口にする風潮こそ嘆かわしいと言うべきかもしれない。

（二〇一九年十二月『時の法令』）

偶　然

二〇〇二年にノーベル化学賞を受賞した田中耕一さんの研究は、偶然の間違いから始まったという。本来混ぜるはずではなかった二つの物質を間違えて混ぜたところ思いもかけぬ新物質が生まれたということらしい。失敗がノーベル賞につながったわけである。この種の偶然話は、細菌学者フレミングが青カビからペニシリンを発見した話を始め数多くある。

私がかつて北海道庁水産部に勤務した頃に聞いたスケソウダラの冷凍すり身の話もその類である。今でこそ全国の蒲鉾《かまぼこ》原料のほとんどを独占し、ために蒲鉾の味に地域ごとの特色がなくなったと食通を嘆かせてもいる売れっ子の冷凍すり身であるが、以前はスケソウダラのすり身は狭い範囲しか流通していなかった。この魚の身は腐敗が早く、生すり身での流通は地域的に限定されるのである。しかし、冷凍すると冷凍変性といって魚肉がスポンジ状になり使い物にならない。大量に水揚げされるスケソウダラにいかに付加価値を付けるかは、北海道水産界にとっての大きな課題であった。そこで、冷凍しても変性しないすり身の開発が北海道立水産試験場に託された。余市町にあった水産試験場では、いろいろと試行錯誤が重ねられたが、なかなか思わしい結果が出ない。夜遅くまで作業する研究者の楽しみは、ストーブの上で焼いた残り物のすり身を肴にコップ酒を一杯やること。たまたまその夜は味付けに少量の砂糖を練り込んでみたところ、なかなかいける。食べ残しを翌晩の酒の肴にと何気なく冷凍庫に仕舞って退庁。翌日冷凍庫からこれを出してみるとなんと冷凍変性を起こしていない。これがきっかけで冷凍すり身の技術が開発され全国流通するところとなり、スケソウダラの価値を大いに高めたのであった。

田中耕一さんの「タンパク質の質量を効率的に分析する方法」から北海道水試の「冷凍すり身」まで、発明発見が偶然の所産と見える場合は多い。現に田中さんも自らの研究成果を「瓢箪《ひょうたん》から駒」と言っておられる。

しからば、偶然だけでこれらの発明発見がなるかと言えば、当然そんなことはないわけで、そこに、田中さんなればこそ、北海道水試なればこその研究の積み上げと、偶然を逃さず大きな成果につなげる鋭い観察眼が必要だったのである。ここらを軽んじて偶然ばかりに目を奪われると、童謡「待ちぼうけ」のお百姓さんよろしく切り株にウサギがつまずくのを虚しく待つはめになる。やはり、発明発見に限らず物事の成否は、何割かの必然と何割かの偶然の組み合わせの結果である。偶然のチャンスに行き逢うまで努力する人だけが成功するという至極当たり前のところに行き着く。もっとも、事の成否が定かでないのにそうまでして成功への道を目指さなければならぬかどうかは別の議論である。

（二〇〇二年十二月）

目で物は食えない

テレビの食べ物番組を時々観る。出演者の味に関する表現がなべて貧弱なのにはうんざりする。大げさな身振りとともに食物を口に入れ暫《しば》し絶句、目をつむって頭を振る、叫ぶ、「うまいー」。このパターンのなんと多いことか。さらに「口の中に香ばしさがふわーと」、「もちもち感」、「フルーティー」、「ジューシー」だのが続く。あまり食欲が湧かない。あるいは、繰り返し視聴者の頭に刷り込まれると、そのような表現に対して条件反射的に旨いと感じるようになるのかもしれない。友人が送ってくれたトウモロコシに「フルーティーな食味と食感に感激してもらいます」と書いた生産者のチラシがついていた。「フルーティー＝美味」と刷り込まれた多くの消費者には食欲をそそる文句なのだろうか。このトウモロコシ、フルーティーな食味などではなく穀物としての旨さの詰まった結構な味だった。

そもそも映像であれ活字であれ、舌で味わう以上のことを表現するなど無理なのではないか。とすれば、逆に、いかにも不味《まず》そうに、あるいは、グロテスクに表現してみるのも一つの手。ゲテモノ食いでなくても珍しい物が食いたいという欲求を持つ人は少なくないのだから、結果として旨く食わせることにつながるかもしれない。その点で見事なのが、有明海料理である。ムツゴロウだって相当怪しげだが、これは序の口。「クツゾコ」、「ワラスボ」、「ワケノシンノス」と続く。最後の代物などは名前の意味するところが佐賀の方言で「若者の尻の穴」というのだから恐れ入る。この種の奇怪な名前の物を恐る恐る食ってみて意外に美味だったりすると食べる喜びが倍加するというものである。

どうやら「目や耳で物は食えない」、されど工夫次第で「目や耳で旨く食う手助けはできる」ようだ。

（二〇二〇年一月『時の法令』）

【後日記】

有明海料理もそうだが、どうも九州人には、食べ物に対してあえて怪しげな表現を使うことで実際に食べた時の旨さを際立たせようという魂胆があるように思える。菓子の世界でも、佐賀県の武雄温泉には「馬ん糞饅頭」という名物があるというし、鹿児島県にも、泥の付いた下駄の歯に見立てた「下駄んは」という黒糖せんべいがある。また、同じく鹿児島県の名産に「春駒」という小豆と米粉と黒糖を練って筒状にした餅菓子があって、私の好物の一つである。今でこそ「春駒」という上品な名前が付けられているが、その昔は「馬んまら」と命名されていたそうだ。その味をことのほか好んだ島津久光侯の「そんな呼び名は女どもの前では悪いから春駒と呼べ」という鶴の一声で名前を変えられた由。江戸時代、薩摩おごじょは、馬の一物に似たこの菓子を口にして、その上品な旨さに舌鼓を打つと同時に、その名前の下品さとの落差を楽しんだに違いない。

ところまで書いたところで、凄まじい形容に出会った。永井荷風はその作品(「妾宅」)中で、海鼠腸《このわた》のことを「下痢《げり》した人糞のような色をした海鼠《なまこ》の腸《はらわた》」と表現しているのである。その色を目にして食欲が失せたということかと思いきや、続いて「唯《ただ》恍惚として荒磯の磯臭い薫りをのみかいでいた」とあり、さらに「天然野生の粗暴が陶器漆器などの食器に盛《もら》れている料理の真ん中に出しゃばって茲《ここ》に何とも言えない大胆な意外な不調和を見せている処に、いわゆるパラドックサルな美感の満足を感じて止まなかった」とまで言っている。ここまでいくと、もはや口でも目でも耳でもなく、頭で食っているとしか思えない。

ロブスターの虐待

このほど、イタリアの最高裁判所が、ロブスターを調理前に氷漬けにするのは虐待だとする動物愛護団体の訴えを認めレストランのオーナーに罰金を科したという記事を読んだ。動物愛護運動は、調査捕鯨やイルカの追い込み猟反対からロブスターの調理法の糾弾にまで及んだようである。人間の食べる楽しみのために動物の生きる権利を侵すことがどこまで許されるか、難しいところだ。以前ニュージーランドを観光した際、食糧用に多数の鹿が飼養されている光景を目にした。野生の鹿までを家畜化しその肉を食することを常としながら、一方で捕鯨調査船を目の敵にする彼《か》の国の対応をいぶかしく思ったのだった。晒《さら》し鯨の美味《うま》さを忘れ得ぬゆえの私の偏見かなと思いつつ、正直、今も、動物愛護を旗印とする一部活動家の暴力的な振る舞いには胡散臭さと偽善を感じてしまうのである。

子供の頃、捕ってきたウナギをまな板に載せ頭に錐《きり》を打ち込んで捌《さば》いたことやモクズガニを生きたまま沸騰した湯に入れて茹でたことなどを思い出す。残酷なことであったが、人間の生存が動物や植物の犠牲の上に成り立っている以上、本質的なところで忠ならんと欲すれば孝ならずの関係になることは避けられないのも事実。子供ながらにこの生物界の残酷な現実と「殺してはならぬ虐げてはならぬ」という人倫との間の矛盾に悩み、作文に書いて担任の先生に答えを請うたことがあった。返ってきたのは、「その純粋な心を大事にしなさい」といった体の答えだった。はぐらかされたような釈然としない思いが残ったので今も覚えている。

しかし、私自身六十年以上経た今も、あの時の素朴な疑問を氷解させるに足る答えを持ち合わせていない。顧みてこれを遺憾とする。


（二〇一七年八月『時の法令』）

牛丼冥利に尽きる

旧聞に属するが、ＢＳＥ発生により米国産の牛肉が輸入禁止になったあおりで、多くの牛丼屋が牛丼を販売できない事態に追い込まれたことがあった。販売休止前日には牛丼ファンが殺到してどこの店も長蛇の列をなした。

当時の新聞各紙に載った客のコメント。「本当に寂しい。復活するまで待ち続けます」、「食べ納めと思って来たが、本当の最後になるなんて」、「この味を大事に覚えておきます」と、「ラスト牛丼」に名残りを惜しむことしきりである。某牛丼屋の販売休止当日の模様が写真入りで報じられている。「これをもちまして牛丼の販売を一時休止いたします」という声に合わせて従業員が深々と頭を下げ、客たちは一斉に拍手で応じたという。写真を見ると店長は感極まって目頭を押さえている。たかが牛丼と言うなかれ。何によらずとことん惚れ込む人はいるのである。それにしても、人気者の教師の転勤でさえここまで名残りを惜しまれる例は稀ではなかろうか。まことにもって牛丼冥利《みょうり》に尽きると言わねばならぬ。

ＢＳＥが発生した時の生産者や飲食業者などの苦労、消費者の不安は実に深刻であった。それを思えば、牛丼販売休止を揶揄《やゆ》するような態度は厳に慎むべきだろう。さりながら、販売休止に腹を立てて「牛丼がないのはおかしい」と騒いだ挙句、宥《なだ》めに入った他の客に暴行して逮捕された御仁まで出るに及んでは笑わずにはおれない。牛丼命《いのち》である。

どうやら、世人から愛惜され賞讃されるための確実で手っ取り早い方法は、牛丼の例に見るごとくこの世から姿を消すことのようだ。

「目に残るとは消ゆること春の雪」（西村和子）

（二〇一六年二月『時の法令』）

漸悟と頓悟

「漸悟《ぜんご》」「頓悟《とんご》」という仏教用語がある。徐々に悟るのが「漸悟」、一挙に悟るのが「頓悟」。悟りについて深く探求したことなどないが、生活体験としては思い当たることがある。多くの事柄は、努力することで少しずつ身につき、その努力に見合う水準に達する。漸悟的である。しかし、時には突然閃《ひらめ》いて達成される頓悟的な事柄もある。

子供の頃の遊びの技の習得は多く頓悟的であったように思う。たとえば自転車。当時は大人用の自転車で練習したのだが、バランスが取れなくて倒れる状況が長く続く。ところが、ある日突然、神の啓示のごとき感覚があって乗れるようになる。こま廻しなどもそうであった。それに対して、教科の学習は、おおむね漸悟的に進む。努力すればそれだけの成果が得られるし、逆に努力以上の成果が得られることはまずない。

ゴルフについて言う。時々練習し、たまにはコースにも出たが、一向に上達しなかった。それでもやめなかったのは、いつの日にか急に上手くなって皆を驚かせたいとの密かな願望もあってのことである。心に浮かぶのは「頓悟」の二字であった。「苦節十年、本日ゴルフに開眼致しました。頓悟の時であります」と優勝の弁を語る日を夢想する。しかし、その日はついに訪れず、遊びの技の習得といえども、素質と地道な努力抜きには頓悟の時は訪れないことを悟る。

クラブを鍬《くわ》に持ち替えて農作業に精を出すようになって久しい。クラブを振り回す快感は得られないものの、植物を手塩にかけて育てるのも得難い快感である。今や、これこそ私にふさわしい時間の過ごし方だとの迷いなき心境に達している。十数年を経て得られた私の「漸悟」である。


（二〇一四年四月『日本経済新聞』「あすへの話題」）

怖いこと

ソチ冬季オリンピックが始まる。六年後のオリンピック東京開催決定もあって、ソチでの日本選手の活躍に期待が集まる。

天皇皇后両陛下は、オリンピックやパラリンピックの都度、茶会を開いて入賞者などの活躍を労《ねぎら》われる。冬季オリンピック入賞者を招いてお茶会が開かれた折のこと。開宴前に、ジャンプの原田雅彦選手と話をする機会を得た。札幌の大倉山シャンツェの麓に四年間住んだ縁もあって、ジャンプ競技は私にとって親しみの持てる種目であった。「あの高いジャンプ台によく立てますね。少しは怖いのではありませんか」と素人の質問をした。原田選手の答え。「怖いですよ。ジャンプは風頼みの面がありますから、飛ぶ時どんな風が吹くか分からないのは怖いです」。

昭和天皇の時代の園遊会での陛下と柔道の山下泰裕選手の会話を思い出す。「柔道で一生懸命やっているようだね。どう、随分骨が折れますか」とのお尋ねに、「二年前に骨折しましたが、今は体調も完全に良くなって頑張っています」と答えたという。柔道一筋の人の頓珍漢《とんちんかん》な答えは人々の温かい笑いを誘ったと報じられている。

あるいは、頓珍漢な答えではないのかもしれない。山下選手にとって、骨折は柔道の中断を強いられる大いなる苦労、まさに最大の骨の折れること。同様に、能《あた》う限り遠くに飛ぶという課題を負った原田選手にとって、ままならぬ風は震えるほどに怖いことだろう。柔道、ジャンプと競技こそ違え、自分の意志と努力で克服し得ない障碍《しょうがい》こそ、「骨の折れること」であり、「怖いこと」なのではあるまいか。

その道の達人の場合、同じ言葉でも意味するところが少し違うようである。

（二〇一四年二月『日本経済新聞』「あすへの話題」）

鶯の誤解

鶯《うぐいす》の初音を聞くと、「春告げ鳥」の別名が示す通り、まだ肌寒い頃であっても暖かい春風が吹いて来た心持ちがする。最初は心許ない鳴き方だが、春の深まりとともに美しくホーホケキョと鳴くようになる。

上手にホーホケキョと鳴くのは、一生のうちで成鳥となったひと春だけなのか、同じ鶯が年ごとに「下手・上手・下手」と繰り返すのか。素朴な疑問が湧いて調べてみる。答えは、「下手・上手・下手」を繰り返すということだった。鶯の平均寿命は八年。ホーホケキョは、オスが繁殖期に縄張りを主張し、メスを誘うために鳴く声で、繁殖期以外は、メスと同じチッチッという笹《ささ》鳴きに戻るという。してみると、春を過ぎても鳴く鶯を「老鶯」と言い、夏の季語とされているが、鶯が老いたわけではないので、厳密に言うと変である。

　変だと言えば、ホーホケキョと鳴くのがオスだけという事実に照らすと、「鶯嬢」や「鶯芸者」も変である。もっとも、ホーホケキョよりメスの笹鳴きの方が好ましいとお考えの向きは別にしてだが。それにしても、巣作りから子育てまで一切をメスに任せてひたすら鳴き暮らす鶯のオスは、羨ましいご身分ではある。

　ついでに言うと、梅に鶯は付き物のように思われているが、梅に寄るのは主にメジロで、虫や木の実を食べる鶯は梅の花には寄らぬらしい。しかし、「鶯鳴かせたこともある」ならぬ「メジロ鳴かせたこともある」では、政治向きのこと（目白泣かせた）などを連想して艶っぽくなくなる。

　何かと誤解されることの多い鶯ではあるが、やはり文学上の表現や情緒を重んずる事柄についてはむやみに事実関係を詮索し過ぎない方がよさそうだ。


（二〇一四年三月『日本経済新聞』「あすへの話題」）

「今日」と「明日」

何歳になっても、人は「今日」を「明日」への準備期間とのみ観念しがちである。後期高齢者目前の我が身に照らしてつくづくそう思う。夢見る頃を遠く過ぎた今も、良き明日のために今日何を為すべきかという発想から抜け出せない自分に苦笑することがよくある。

客観的には生きているうちにその実りを見る公算は極めて低いにもかかわらず、たわわに実るリンゴの収穫を夢見て苗を植える。今さら習得しても活用する場もないのに仕事で役に立つ時を想定して面白くもない英字新聞に挑戦する。読むことで言えば、自分の興に任せた読書に後ろめたさを感じて時には経済の本などを開き、明日のために自分の知識の足らざるを補わんとする。口では「この歳になれば、やりたいことだけをやりたいようにやる」などと嘯《うそぶ》くものの、その実、明日の我が身、明日の我が家、そして少しばかり明日の我が国などにも思いを馳せつつ、興の湧かぬことにも精を出すのである。おそらくそれは死ぬまで変わらないのだと思う。

哲学者＝鷲田清一氏は、常に階段を登らねばならず常に成績が問題にされる現在の社会を「いわゆる学校化社会（スクーリング・ソサエティ）」と呼び、「そのなかでひとは、いつも途上にある者として、生涯じぶんをまるで通過儀礼中の存在であるかのように感じるという、奇妙な社会である」（『老いの空白』）と評している。しかし、通過儀礼の中の存在と感じていればこそ、何歳になっても今日の辛《つら》さに耐え明日に向かって機嫌よく生きられるとも言えよう。

昔、きんさんぎんさんが百歳の祝い金の使途を訊かれて、「老後のために貯金する」と答えたのをご記憶と思う。この答えが人々の笑いを誘ったのは、「その感覚分かるよね」という共感からだったのではあるまいか。

（二〇一六年三月『時の法令』）

湯たんぽ

数年前に寝室のエアコンが故障して以来これを放置したまま厳冬期には湯たんぽで寒さを凌いでいる。湯たんぽは、中国、唐の時代の発明品だそうだが、日本でも室町時代にはすでに使われていた由。なかなか優れた暖房具だと思う。厳しい冷え込みの夜、部屋は寒くても寝床に入ってしまえば湯たんぽのおかげでホカホカと朝まで暖かい。部屋が冷たい分だけ寝床の中の暖かさを余計ありがたく感ずる。

考えてみると、湯たんぽ、こたつ、あんか、火鉢、いろりと日本古来の暖房装置はいずれも、家全体、部屋全体を暖めるのではなく、それに接する人だけを暖めるというにとどまっている。西洋のセントラル・ヒーティングや朝鮮半島のオンドルなどと違い、どこかに寒気を感ずる部分を残しているのである。暖かくありたいという欲望にあえて百パーセント応えることをしない。そのことによって、暖かさのありがたみを際立たせていると言えるかもしれない。

快適さ、便利さを求める限りなき欲望にひたすら応えていくことを社会の進歩と考える思想からすれば、不満足な発展途上の暖房具ということになるのかもしれないが、快適さ、便利さの飽くなき追求に疑問符が付くようになった昨今、こうした昔ながらの日本の暖房装置の程の良さが見直されて良いように思う。「足るを知る」と言ってしまうと妙に説教臭くなるが、満ち足りない部分が存在することで人はかえって幸せを感ずるという面もあるのではなかろうか。

今朝も冷える。もう起きなければと思いつつ、まだほんのりと温かい湯たんぽの心地良さに身を委ねて、日本古来の暖房装置についての考察から幸福論に至るまで、あれこれと由なしごとに思いを巡らす。

（二〇一八年二月『時の法令』）

「琵琶湖周航の歌」のややこしさ

『昭和天皇実録』に岡本愛祐《あいすけ》という人物がしばしば登場する。天皇の侍従を長く務め、終戦時には帝室林野局長官の要職にあった人で、参議院議員にもなっている。この岡本が「琵琶湖周航の歌」成立の仲介役だったことはあまり知られていない。

「琵琶湖周航の歌」は、旧制三高ボート部員＝小口太郎の作詞作曲だと長く伝えられてきたが、後の調べで作曲は早世した音楽家＝吉田千秋だと判明。実は「琵琶湖周航の歌」は替え歌だったのである。吉田が作曲したのは「ひつじぐさ」という曲で、これを覚えて歌っていたのが三高庭球部員＝岡本愛祐。彼の友人のボート部員が岡本から教わったこの曲に小口作詞の「琵琶湖周航の歌」を乗せて歌ってみると実によく合い、これが定着したのだという。

と知ったかぶりに書くのはいささか気が引ける。こうした史実が判明するまでには、琵琶湖周航オタクとも言うべき人たちの涙ぐましい発掘努力があった。私の周辺にも二人いた。一人は年来の友人で、長く途絶えていた琵琶湖周航を復活させた男＝佐藤茂雄君であるが、「琵琶湖周航の歌」の探査にも情熱を注いだ。企業の幹部として多忙を極める中、新潟まで無名の音楽家＝吉田千秋の足跡を調べに出かけたり、歌詞に詩人＝有本芳水の影響ありと分析したりと大変な力の入れようで、我々は「琵琶湖周航の歌命《いのち》だね」と揶揄《やゆ》したものである。今一人は、私の遊び仲間の兄で元NHKアナウンサー＝飯田忠義氏。彼もこの歌に関して徹底的に調べた著作を刊行している。他にも歌の謎を追求した人は幾人かいる。「琵琶湖周航の歌」には次々と根問《ねど》いしたくなる謎めいた要素があるようだ。

昨年平成二十九年はこの歌の誕生百年だった由。大正六年に琵琶湖周航の途次、近江今津の宿で披露されたという。しかし、百年目は今年だとする異説もあるそうだ。ことほど左様に「琵琶湖周航の歌」はややこしい。

（二〇一八年八月『時の法令』）

そうせい侯

幕末の長州藩主＝毛利敬親《たかちか》は、島津斉彬や山内容堂などより語られることが少ないように思う。地元においてさえ、家臣の吉田松陰、高杉晋作、木戸孝允らに比べて影が薄い印象である。「そうせい侯」という不面目なあだ名を奉られている。案件が何であれ、「そうせい（そうしなさい）」と言うのが常だったからだという。しかし、私は、明治維新成就の第一の功労者は敬親ではないかとさえ思っている。何事も「そうせい」で通す藩主がリーダーでありながら、藩内の激しい政争を乗り越え、長州藩が明治維新の立役者となり得たのはなぜか。

一つの要因として、敬親の人事の手腕が言われる。優れた才能を見抜き、育て、登用して要所に配したからこそ、安心して家臣の方針に委ねることができたのであろう。幼時から吉田松陰に目をかけ、守旧派に追われる高杉晋作を陰ながら庇《かば》ったのも敬親だったという。

しかし、私は、それ以上に、侯を名君たらしめているのは「そうせい」という対応そのものにあるのではないかと思っている。いかに明敏でも人智の及ぶ範囲など知れたものとの達観の下、物事にこだわらず柔軟に対応する発想が「そうせい」と言わしめたのではないか。自ら恃《たの》むところ大だと独断的硬直的になりがちだが、敬親はそうしたこととは無縁だった。融通無碍《むげ》に「そうせい」を繰り返しつつ、改革の芽を温存し、時至るや改革派を大いに働かせたのである。乱世のリーダーが必ずトップダウンでなくてはならぬというものでもあるまい。

郷土の殿様の評価がもう少し高くても良いのではないかと常々思っているので、かく申す次第である。多少の身びいきをお許し願う。

（二〇一四年二月『日本経済新聞』「あすへの話題」）

近代日本を作った川

私の故郷の山村近くに源を発して日本海にそそぐ阿武《あぶ》川という川がある。山口県では県内第二の大河だが、全国的には無名と言ってよい。それが「近代日本を作った」とは、お国自慢にしても大言壮語が過ぎるとお叱りを受けそうだ。

理屈はこうだ。近代日本の夜明けをもたらしたのが明治維新であり、その原動力となったのは毛利氏の城下町萩が輩出した志士たち。このことは多くの人の認めるところだろう。関ヶ原の戦いに敗れた毛利氏が幕府から築城を許されたのが萩であった。山陽側に築城したかった毛利氏としては、湿地主体の寒村萩を本拠地とすることは甚だ不本意だったようだが、負けた悲しさでやむを得ない選択だった。萩は、阿武川が運んできた土砂が堆積してできた三角州。そこに水路などの工事をして苦労の末に城下町が作られた。広島から条件の良くない僻遠《へきえん》の地に移封された恨みは長く残って徳川打倒への潜在的エネルギーとなった。「天の時」「地の利」「人の和」と言うが、「地」に関する限り、「地の不利」が事を成就する要因になることもあるのである。

阿武川が作った三角州が存在しなければ萩に築城することはない。当然、萩から明治維新の狼煙《のろし》が上がることもなかったわけである。……とまあこれが近代日本を作ったのは阿武川だとこじつけの誹《そし》りも顧みずに言い募る所以《ゆえん》である。

折しも、今年は明治維新百五十年。萩では、近代国家建設に向けた先人たちの情熱や行動力を思い起こし、これに学ぼうとの気運が高まっている。今は、合併して萩市になりはしたものの、志士の一人とて世に出し得なかった山村の出身者としては、せめて川なりとも誇りたいところである。ちなみに、「ああ！——そのような時もありき、寒い寒い　日なりき」で終わる中原中也の「冬の長門峡」という詩は、阿武川上流の渓谷が舞台である。

（二〇一八年九月『時の法令』）

唱歌「野菊」

この時期、道端に薄紫の野菊の花がひっそりと咲いているのに出会う。伊藤左千夫の『野菊の墓』に描かれているように、清楚で可憐で品格のある花である。小学唱歌「野菊」の歌詞が浮かぶ。「遠い山から吹いてくる小寒い風にゆれながら、気高く清く匂う花……」。

この歌が小学唱歌として登場したのは昭和十七年、すなわち太平洋戦争勃発の翌年である。国民生活すべてが軍事優先となり、歌も次第に戦意高揚を旨とした軍歌に席巻されていった頃。そうした軍事一色の時代に、およそ戦争とは無縁の清らかな歌が国定教科書に採られたことを不思議に思う。あらためて調べてみると、満州事変に始まる泥沼の十五年戦争の間にも「仲よし小道」、「あの子はだあれ」、「たきび」など戦争の影響を感じさせない、のんびりほんわかした童謡・唱歌が多く作られ、歌われている。戦時中というと、老いも若きも「欲しがりません勝つまでは」とまなじりを決し、あるいは、戦《いくさ》による肉親との別離に悲しみ生活の窮乏にあえぐといった情景だけを思い浮かべがちだが、少なくとも子供の歌の世界では「野菊」や他の童謡・唱歌に見るような平和で穏やかな情景が存在したのだ。現実が過酷であるがゆえに歌に平和を求めるという面があったにもせよ、「戦時中＝暗黒の時代」という図式にはまりきらない庶民生活の一端を垣間見るような気がする。歴史を過不足なく顧みることの難しさをあらためて思う。

もっとも「たきび」は放送されるや直ちに軍部から「時局を心得ない」「落ち葉も貴重な燃料」などのイチャモンがついて二回の放送でお蔵入りになったし、「野菊」の国定教科書採用についても、作詞者と軍部の間で激しいやり取りがあった由。子供の歌の世界といえども戦争と完全に無縁ではいられなかったのである。

（二〇一七年十一月『時の法令』）

言うことは大げさ

「校歌にはそびえているが低い山」。新聞の川柳投稿欄で目にした一句である。

私にも思い当たる歌が少々ある。子供の頃、運動会などで歌った郷里の村歌に「八重立つ杣山《そまやま》、したたる緑、千町の美田《うましだ》、波打つ黄金……」とあった。歌詞の意味も分からぬままに歌っていたが、今詮索するとかなり大仰な表現ぶりである。後に合併で消えた我が村は人口千人余りの山村。農家の平均耕作面積は三反歩に満たなかったと記憶する。山裾に狭い田んぼが散在する風景を「千町の美田」とは誇張が過ぎるように思う。この種の誇張は、冒頭の川柳にもある通り、校歌や地方自治体歌に共通と言ってよい。母校や郷里を誇りたい気持ちは誰しも持つのだから、勢いの赴くところ大げさにならざるを得ない。

そうした中で、少し趣を異にするのが「信濃の国は十州に境連なる国にして……」で始まる長野県民歌「信濃の国」である。自慢すべき山河や文物をこれでもかとばかりに歌い込む点は他の自治体歌と変わるところがない。しかし、法螺《ほら》吹きの誹《そし》りも何のそのあっけらかんと自慢に終始する歌が当たり前な中で、「海こそなけれ」と断りを入れたり、掛値なしだということを理解してもらうべくできるだけ事実に即して表現するよう努めたり、「しかのみならず」と加えて論理を追った言い方にしてみたりといった点は他の自治体歌にないところである。信州人の律義さと理屈っぽさが滲み出ているように思う。かく言う私も、血の半分は長野県人である。単なる郷土自慢を超えたこうした心配りが、長野県民にしてこの歌を歌えない人はいないというほど愛唱されている所以《ゆえん》かもしれない。
しかし、表現は大げさであれ控えめであれ、多くの人が歌を通じて母校や郷土に熱い心を寄せ続けることは、人のつながりの薄れがちな昨今、まことに貴重のようにも思える。

（二〇一八年六月『時の法令』）

五榜の掲示

今春のこと、山梨県の北杜市に住む友人から、「近所の旧家が所有する竹林に竹の子を掘りに行かないか」との誘いを受け、竹の子に目のない私は喜び勇んで出かけた。しこたま掘らせていただいた後、勧めに従ってお茶を呼ばれることになった。江戸時代から続く名主の家柄のお宅だけに案内された居間は歴史を感じさせる立派なたたずまいであった。
名のある作家の書画とともに一枚の古びた板がかけられているのが目に留まった。縦五十センチ、横一メートルくらい。次のような文言が墨書されている。

「　　　定
一　人タルモノ五倫ノ道ヲ正シクスヘキ事
一　鰥寡《かんか》孤独廃疾ノモノヲ憫ムヘキ事
一　人ヲ殺シ家ヲ焼キ財ヲ盗ム等ノ悪業アル間敷《まじき》事
　慶応四年三月　　　太政官　」

後に調べてみると、太政官が全国民を対象に各地の高札場に掲示した五つの高札すなわち「五榜《ごぼう》の掲示」の第一札であった。慶応四年（一八六八年）三月と言えば、明治新政府成立直後、まだ諸事混沌《こんとん》としていた頃である。そのような時期に、国民が守るべき倫理道徳を周知徹底させるためにかかる布告を発出するという沈着冷静な判断に感心する。同時に、革命の混乱の中でもこれを全国津々浦々に確実に伝え得るシステムを持っていたことにも一驚した。高札制度が維持され機能していたればこそできたわけで、江戸時代を等し並みに閉鎖的で停滞した時代と捉える一面的な見方の間違いにあらためて気づかされた。

私が見た高札は部屋の見えやすい位置に家宝のごとく飾ってあった。この家の住人は代々三箇条の定めを拳々服膺《けんけんふくよう》してきたに違いない。大げさだが、高札の民衆を律する威力のようなものを感じた。自《おの》ずからなる権威という点で現代の諸法制は果たしてこれを超え得たか。

（二〇一七年十二月『時の法令』）

便座を押さえながらこう考えた

なさでもがなの工夫を施し巧みな宣伝の力で買わせるような商品が氾濫する一方で、消費者にとって大事な機能が疎《おろそ》かになっている商品が少なくない気がする。

身近な経験で言うと、洗浄機能付きの洋式便器である。この装置が我々の生活を格段に快適にしてくれたことに異論はない。外国旅行の折に日本の装置のありがたさを再認識したとの声はよく聞くところである。日本が世界に誇る発明品と言ってもよかろう。しかし我が家に限って言えば、タンクの水漏れ、便器の処理水のしみ出しなど、その効用を減殺するような基本的機能の不具合が頻発している。なかでも腹立たしいのが、小用のために上げておいた便座が勝手に下りてくる現象である。事柄の性質上細を穿《うが》った説明は省略するが、小用の最中に予告もなく便座が下りてきた時の戸惑いと不快さは、男性諸氏にはご想像いただけると思う。この種の不具合は、エアコンなどの家庭用電気器具でもしばしば発生する。

　グローバリゼーションとデジタル革命に乗り遅れたことが近年の日本経済の停滞を招いたと言われる。そうかもしれないが、私の実感で言えば、基本機能に重大な故障を生じさせないという物作りの原則が怪しくなっていることもその一因になっていはしまいか。トイレに入った途端に自動的に蓋《ふた》が開く類の「何用あってここまで」と思われる工夫を競う一方で、落ちてくる便座を片手で押さえつつ用を足すがごとき情けない姿を消費者に強いている、これが我が国が誇りとしてきた物作りの現状だと言ったら、過度の一般化と叱られるのだろうか。

心おきなく用を足すのをたびたび妨げられる腹立たしさに、経済的知識乏しきアナログ頭は、一例を捉えて大げさに言い募る。

（二〇一九年八月『時の法令』）

【後日記】

数年前、自分としては使い続けることに何の問題もなかったのに、ＯＳのサポート期間終了に伴ってセキュリティ上重大問題が発生する恐れがあると脅迫めいた注意喚起を受け、やむを得ず新しいパソコンを買うはめになった。また、先日はインクカートリッジが製造中止になったためにプリンターが無用の長物となるという事態にも遭遇した。

望みもしない変更を加え旧来の機種を使用不能に追い込む、それによって新しい機種の需要を無理やり作り出していく。「計画的陳腐化」などとも言われるこの種のやり口が胡散臭く思えてならない。また、計画的陳腐化とまでいかなくても、世に「イノベーション」と言われるものの中には、生活上の必要性や社会的意義の観点を欠いた儲《もう》け第一のものがありはしないかと疑う。個別企業の倫理の問題を超えて、資本主義経済全体がこうでもしなければやっていけないところに向かいつつあるのではないか。……と少しばかり意固地《いこじ》になる。

言うて詮なきこと

禅語に「思うて詮なきことは思わず」とある。考えてもどうしようもないことで悩んだりするなということだろう。それができれば苦労はないのだが、なかなかそう簡単にはいかない。我々の日常生活のかなりの部分は思うて詮なきことを思い悩むことで成り立っている。人が思うて詮なきことを思わなくなったら世の文学作品も書くべきことの多くを失うのではあるまいか。「思うて詮なきことは思わず」は、処世の範とするにはいささか現実性に乏しいように思われる。

一方、日がな一日子供と遊び暮らしたとされるあの良寛に『戒語』という、べからず集のようなものがあって、この中に慎むべきこととして「言うて詮なきこと」が挙げられている。ちょっと見には、「言うて詮なきことは言わず」ならば努力すれば何とかなりそうに思われる。だが、これもいざ実行となると結構難しい。確かに、言っても仕方のないことをくだくだ話しても、何も生まれないし、聞く相手もうんざりするだけなので、慎みたいところではある。しかし、言いたくなるのである。「言っても詮ないことですが」と断りを入れながら言うのである。「過ぎた昔を恨むじゃないが」と言いつつ恨み言を言わずにはおれない切られ与三郎のごとしである。「恨まぬなら言うな」と一刀両断にはいかない。

ことほど左様に、安らかな暮らしができるかどうかは心の持ち方次第であっても、凡人には「分かっちゃいるけど」実行困難なことが多い。

（二〇一九年六月『時の法令』）

たとえ話にご用心

かつて、時の総理が自らを大石内蔵助に擬して、批判があろうとも聖域なき構造改革をやり抜くことの大切さを説いたことがあった。曰く、「内蔵助は、『軽石』、『昼行灯《ひるあんどん》』と罵倒され非難されながら初志を貫いた」と。

今さら当時の内閣の方針に異を唱えたり構造改革の是非を論じようというのではない。たとえ話の危険性について言うのである。人はツボを押さえたたとえ話に弱い。「たとえ話がそうであれば問題の事柄もそうに違いない」と短絡した思考に陥りやすい。構造改革自体の論議を超えて「大石内蔵助が非難に耐えて初志貫徹したのだから構造改革もそうするのが正しい」と、非難されていることが正しさの証明であるかのように錯覚してしまう。大石内蔵助が初志貫徹して事を成就させたのは紛れもない史実だとしても、それはごく稀な例であり、歴史の現実においては、「軽石」、「昼行灯」と言われ、実際もその通りの間抜けだった事例が圧倒的多数なのである。しつこく言う。問題自体の是非を論じなければ、たとえ話はほとんど無意味であるだけでなく危険である。先の例でも、せいぜい、皆から総スカンを食っても稀に正しいこともあることの証明にしかならない。

その点、落語は冷静に見ている。「大石内蔵助は日頃ボーとして『昼行灯』と言われておりましたが、いざという時には仇討ちの大業を成し遂げた」に続けて、「我々の仲間にもいますよ。日頃はボーとしている。でも、いざとなったら……

やっぱりボーとしていた」。

大げさに言えば、先の大戦でも「死中に活を求める」だの「来たらざるを恃《たの》むなかれ」だののことわざが無謀な開戦へと人々を駆り立てるのに手を貸したのではなかったか。どうやら、たとえ話やことわざを聞く時は、落語に倣《なら》って、少し斜に構え騙《だま》されないぞと思って聞くくらいがよさそうである。


（二〇一九年九月『時の法令』）

お詫びは難しい

新聞・テレビで関係者が深々と頭を下げるお詫び会見を目にすることが多い。昨年は、ドラマ『半沢直樹』の影響で土下座ブームが起きたとの報道もあった。

よく言われる話。アメリカのような訴訟社会では、自分に非があると思っても簡単に謝らないのが処世の知恵だという。諍《いさか》いがあれば取りあえず謝るというのも情けないが、間違っていても「ごめんなさい」と言わない社会というのもおぞましい。アメリカでは、相当数の州で素直に謝っても裁判上不利にならないと定めた法律を制定しているとか。いやはやという感じがしないでもない。

しかし、全く腹に含むところなく詫びるというのは、そう容易にできることではない。聖人君子ならざる身では、自分を正当化したい、責任を引き受けたくないという心理から逃れることは難しい。その結果、得てして、心のこもらないお詫び、責任を極力被《かぶ》らないよう配慮したお詫び、効果を計算したお詫びなどお詫びもどきが横行することになる。そう思って聞くと、電車の遅れを詫びる駅の放送さえも遅れの原因によって微妙に表現が違う気がする。自らに責任のない風雨などによる遅れの場合はいやに丁寧なのに、信号機故障のような場合は限りなくお知らせに近いお詫びのように思うのはこちらの僻《ひが》み根性のせいだろうか。

かく言う私もこれまで何度もお詫びする場面があったが、その都度心から謝ったと言い得るか、まことに忸怩《じくじ》たる思いがする。やはりお詫びは難しい。古希を過ぎた。残された人生を気持ち良く生きるためにもお詫びすべき時には心から潔く詫びたい、……と思ってはいるのだが。

（二〇一四年六月『日本経済新聞』「あすへの話題」）

独り勝ちから共存へ

生化学の研究者から聞いた話。伝染病に対する従来の治療法の主流は、病気の元となる細菌を抗生物質などによって退治するという方法であった。しかし、これでは、抗生物質に強い抵抗力を持つ耐性菌が出現し、あるいは、無菌化によって人間の体の免疫力が低下するなどの問題が生ずる。現に、抗生物質がほとんど効かないスーパー耐性菌に感染した患者が、欧米で急増しているとの報道もなされている。そこで、近年、細菌をやみくもに殲滅《せんめつ》するのではなく、毒素を出させないよう上手に抑えたり、体内の細菌群のバランスを改善するといった対応が研究されているらしい。いわば、人間と細菌の共存の道を探るということになろうか。

小学生の頃、敗戦後の欧米礼讃の風潮に乗って、担任の先生が「日本人は蚊の発生を放置し、蚊帳《かや》を吊って難を逃れる。これでは根本解決にならない。アメリカでは殺虫剤を撒いて蚊を根絶やしにする」と、日本人がいかに非科学的であるかを力説したのを思い出す。今、どちらが理に適《かな》った対応かと問われれば、殺虫剤過剰散布による薬害などの副作用を考え、また、蚊根絶の難しさを思うと、人間の独り勝ちを捨て蚊との共存を図る蚊帳型の対応が、あながち愚かな選択だとは言えないだろう。人間同士の関係でも、優勝劣敗の支配する世界から競争しつつも共存の道を求める世界へと模索が続けられている。

とはいえ、私の聞きかじりの話をもとにして、細菌から人間までおよそ生きとし生けるものが互いに程よく折り合い共存を図ることこそ、他ならぬ我々人間が良く生きるための必要条件だと言い切るのは、いささか牽強付会《けんきょうふかい》に過ぎようか。

（二〇一五年七月『時の法令』）

盛者必衰のことわり

セイタカアワダチソウという外来の野草がある。いつの頃からか鉄道沿線などに広がり、たちまち全国の空き地を埋め尽くした。三メートルにも成長して周りの草を圧倒し、秋の花時には黄色の海原のごとき様相を呈したものだ。聞けば、周囲の植物の成長を抑制する物質を根から出して土着の草を駆逐し、貪欲に土の養分を吸収した結果大繁殖したのだという。それが今、生えてはいるものの疎《まば》らで丈も低く、ひと頃の勢いはどこへやらである。覇権を確立したその時から同じメカニズムで仲間同士傷つけ合い、さらに、土の養分を吸収し尽して、衰退していったのだとか。

素人の当て推量だが、コレラなど伝染病の病原菌の世界でも、衛生や栄養の状態、特効薬の開発などの外部要因とともに、病原菌自体の種としての栄枯盛衰が伝染病の消長に関係しているのではなかろうか。

「盛者必衰《じょうしゃひっすい》のことわり」は、人の世の常として語られるが、生物万般に普遍の原理なのかもしれない。衰退を個別に見れば、自らの驕《おご》り、強敵の出現、環境の変化など様々な原因が挙げられるだろう。しかし、個別事情を超えて、生物には種固有の命運があり、それに従って、起こり、栄え、衰退していくのだと言ったら思い込みが過ぎようか。

今、長きにわたる経済停滞から脱出すべく官民挙げての努力がなされている。

それをよそに、怪しげな盛衰論を持ち出して、宿命を素直に受け入れ、衰退期にふさわしい社会や生活のあり方を考えることこそ重要だなどと嘯《うそぶ》くつもりはない。しかし、かく観念すれば、隆盛時の叶《かな》わぬ夢をいたずらに追う鬱陶《うっとう》しさからは暫《しば》し解放されるかもしれないと思わないでもない。

（二〇一五年九月『時の法令』）

遅乗り競争

警察の白バイ隊員が習得しなければならない技術の一つに、オートバイを減速状態で安定的に運転することがあるという。二輪車を一定速度以下に保ちつつ倒れずに運転するのは結構難しいようだ。

そう言えば、子供の頃、運動会の父親参加種目の定番に自転車の遅乗り競争があった。倒れたり、足を地面に着いたりしないでペダルを漕ぎ続け、いかに遅くゴールに到達するかを競うもの。父親たちがハンドルを右に左に苦労する様子は、子供たちや観客の笑いを誘い、人気種目の一つだったと記憶する。

かつてのような経済の高度成長は望むべくもない今日、成長指向と訣別《けつべつ》して国の将来像を描くにしろ、なお新たな成長の可能性を模索するにしろ、より高くより速くと拡大成長の道をひた走ったあの頃の価値観や、それを前提とした生活態度は捨てなければならないのであろう。しかし、拡大成長の道を離れてもなお産業が活力を維持し人々も希望のある生活を送っていけるというのは、言うべくしてなかなか難しい。経済・産業の改革に知恵の限りを尽くすのはもちろん、社会の仕組み、さらには我々の行動や意識の面でも、相応の覚悟を持って改革に取り組むことが必要になると思われる。現に今もより良い答えを求めて国を挙げての悪戦苦闘が続いていると言ったら見当違いだろうか。

その姿は、オートバイの減速運転の厳しい訓練を続ける白バイ隊員や、自転車の遅乗り競争に必死になっている昔の父親たちの姿にどこか似ているように思えてならない。大汗をかきつつ、ゆっくりと、止まることなく、倒れることなく、着実に前進！

（二〇一四年五月『日本経済新聞』「あすへの話題」）

あとがき

喜寿を迎えて何か思い出めいたものを残したいという軽い気持ちで始めた作業であったが、こうしてまとめてみると今さらながら他愛もない話の多さに気後れがする。一方で、妻の叱咤激励を受け、編集者経験のある三男からはいろいろアドバイスをもらうなどしてここまで仕上げたのだから出さなければとの思いにも駆られる。落語「寝床」に出てくる義太夫狂いの旦那の心境。これだけ用意したからには店の者や店子《たなこ》連中に無理にでも聴かせなければ引っ込みがつかない。語る義太夫が客観的には焼き殺される時のうわばみの声のように酷《ひど》いものであってもである。

先頃、『毎日新聞』紙上で半藤一利さんが、「年寄りに出来るのは、思い出話か、自慢話か、助平話ぐらいのものだ」とやや自嘲的に語っていた。その伝でいけば、私のこの駄文集、老人の三大話のうち専ら個人的な思い出話を他人様《ひと》の関心の有無などお構いなしに書き連ねたものに過ぎない。自慢話や助平話については語ろうにも実体験が乏しく、材料がない。

収載したもののうち『日本経済新聞』や『時の法令』の連載分は、日本経済新聞社の上原克也さん、雅粒社の坂本知枝美さんの、乗せ上手、褒め上手に乗せられての所産である。転載をお許しいただいたことを含め感謝申し上げる。

また、今回の出版に当たっては、国書刊行会の川上貴さんにたいへんお世話になった。ありがとうございました。

二〇一九年十二月二十日

残された日々への覚悟もないままに喜寿を迎えて

羽毛田信吾

《著者略歴》

羽毛田信吾（はけた・しんご）
一九四二年、山口県川上村（現萩市）に生まれる。山口県立萩高等学校を経て京都大学法学部卒業。一九六五年、厚生省（当時）に入省。同省の他、北海道庁、内閣官房などに勤務。厚生事務次官（一九九九〜二〇〇一年）を経て宮内庁次長（二〇〇一〜二〇〇五年）、宮内庁長官（二〇〇五〜二〇一二年）を歴任。現在、宮内庁参与、昭和館館長、恩賜財団母子愛育会理事長。

随筆集　言《い》うて詮《せん》なきことの記《き》

二〇二〇年一月二十七日　初版第一刷発行

著　者　羽毛田信吾
発行者　佐藤今朝夫
発行所　株式会社国書刊行会
東京都板橋区志村一‐一三‐一五
電　話　〇三‐五九七〇‐七四二一
FAX　〇三‐五九七〇‐七四二七
https://www.kokusho.co.jp
印刷・製本　中央精版印刷株式会社

＊乱丁本・落丁本はお取り替えいたします。

 ISBN 978-4-336-06591-9